petry

Construction

NO.10

2013.08（总第十期）

Poetry
Construction
詩建設

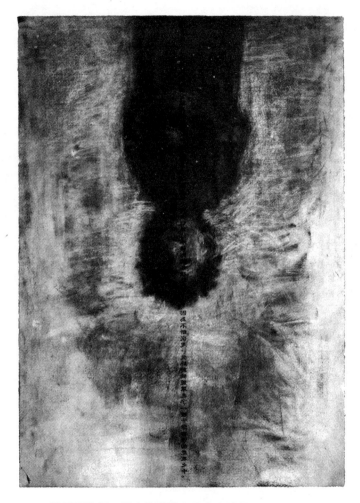

孔国桥作品：历史的面孔之无字之碑 I
凹版，70×50cm，2009

Poetry
Construction

詩建設

目录 Contents

开 卷

诗 选

发 现

跨 界

笔 记

细 读

建 设

翻 译

开卷 Decoil

　　欧阳江河,1956年生于四川省泸洲市。著名诗人,诗学、音乐及文化批评家,书法家,《今天》文学社社长。在国内出版诗集《透过词语的玻璃》,诗作及诗学文论集《谁去谁留》,文论及随笔集《站在虚构这边》,诗集《事物的眼泪》,诗文自选集《黄山谷的豹》,诗作与评论总集《欧阳江河:1983-2012》。在香港出版诗集《凤凰》。在国外出版中德双语诗集《玻璃工厂》,德语诗集《快餐馆》,中英双文诗集《重影》,中法双语诗集《谁去谁留》,中英双语诗集《凤凰》。诗作及文论被译成英语、法语、德语、西班牙语、俄语、意大利语等十多种语言。自1993年起,多次应邀赴美国,德国,英国,法国,意大利,荷兰,捷克,匈牙利,奥地利,日本,印度等国讲学及朗诵。1993年春至1996年冬居留美国,1997年秋自德国返回国内,现居北京。

欧阳江河近作（5首）

黄山谷的豹

> 谢公文章如虎豹，
> 至今斑斑在儿孙。
> ——黄庭坚

1

……脚步在 2011 年的北中国移动，
鞋子却遗留在宋朝。
赤脚穿上云游的鞋，
弯下腰，系紧流水的鞋带。
先生说：鞋带系成流水的样子
　　　是错的。
应该系成梅花，或几片雪花。

2

一只豹，从山谷先生的诗章跃出。
起初豹只是一个乌有，借身为词，
想要获取生命迹象，
获取心跳和签名。

3

先生说：不要试图寻找豹。

豹会找你的。
即使你打来电话它也不接，
　　也没人打电话给一只豹。

4
有人脱下皮鞋，换上耐克鞋。
先生说：别以为穿上跑鞋，
会跑得比豹子快。

5
梦中人丢魂而逃。
我分身给影子，以为剩下的半我
跑起来会轻快些，
抖落一些物的浮华
　　　和心的负重。
但影子深处又涌出第二个，第三个
……成千的影子。
它们索要词的真身。

6
有人一起跑就行，快慢都行，
而我刚好是慢的那个。
在网上商店，我问售货员：
有没有比豹快的鞋子？

7
人在这个世界上奔跑真是悲哀。
往哪儿跑，哪儿都塞车。
即使在外星空跑
也能闻到警车和加油站的气味。
交警给词的加速度开罚单，
而豹，拒绝在罚单上签名。
在证件照上，豹看不见自己。

8
路漫漫兮。
给我一百个肺我也跑不动了。
豹，把人类的肺合量跑光了。
时间被它跑得又老又累，
电和石油，被它跑漏了。
词，即使安上车轮也跑不过豹。

9
时间的形象
在豹身上如石碑静止不动。
众鼠挣脱碑文，卷土而去，
带着连根拔的小农经济，
和秋风里的介词胡须。

10
猫鼠一体，握住小官吏的
        刀和笔。
如此多的腐鼠和硕鼠
抱成陶瓷的一团，
以一碗水，偷一片天空，
偷吃清汤挂面的水中月。
但碗里的水没有保持海平面，
天空泼溅出来，
        摔碎在地上。
镜子的声音，听不见世外。

11
老鼠以为豹在咬文嚼字。
但借雪一听，并无消融的声音。
因为豹在听力深处
埋有更深邃的盲人耳朵。

草书般的豹纹，像幽灵掠过条形码，
布下语文课的秋水平沙。

12
几个小学生用鼠标语言，
坐在云计算深处
　　　　　与山谷先生对谈。
先生逢人就问：有写剩的宿墨吗？
仿佛古汉语的手感和磨损
可以从一纸鱼书寄过来，
从少年人的迫切脚步
快递给高处的一个趔趄。
先生的手，叠起一份晚报。

13
器物的折旧，先于新闻的折旧。
豹，嗅了嗅白话文的滋味，
以迷魂剑法走上招魂之途，
醉心于万物的蝴蝶夜。
毫不理会
众鼠的时尚。

14
豹，步态如雪，
它的每一寸移动都在融化，
但一小片结晶就足以容身。
一身轻功，托起泰山压顶。

15
豹，不知此身何身。
要么从电的插头
拔出一个沧海横流，

肉身泥沙俱下。
要么为眼泪造一个水电站,
一脸大海,掉头而去。

16
有人转身,看见了浩渺。
泪滴随月亮的圆缺
变大或变小。

17
有人一生都在追逐什么。
有人,追逐什么,就变成什么。
而我的一生被豹追逐。
我身体里的惊恐小鹿
在变作鸟类高高飞起之前,
在嵌入订婚戒指之前,
在变作纸币或选票被点数之前,
　　会变身一只豹吗?

18
我能把文章写得像豹吗?
写,能像豹那么高贵,迅捷,
　　和黑暗吗?

19
它就要追上我了,这只
古人的豹,词的豹,反词的豹。
它没有时间,所以将时间反过来跑。
它没有面孔,所以认不出是谁。
它没有网址,所以联系不上它。

20

波浪跑起来不需要鞋子。
豹身上的滚滚尘土卷起刀刃，
云剁去手足，用头颅奔跑。
一只无头豹在大地上狂奔。

21

一只豹，这样没命地跑，为跑而跑，
是会把时间跑光的。它能跑到时间之外，
把群山起伏的白雪跑成银子吗？
银行终究会被它跑垮，文章也将失明。
已经瞎了它还在跑。
声音跑断了，骨头跑断了，它还在跑。

22

除非山谷先生从豹子现身，
让豹看见它自己的本相溢出，
却看不见水和杯子。
除非我终生停笔，倒掉墨水，
关闭头脑里的图书馆，
不读，不写，不思想。
否则豹会一直在跑。

23

一只豹，要是给它迷醉，给它饥饿，
让它狂奔起来，
会是多么美，多么简朴，多有力量
　　的一个空无。
那种原始品质的，总括大地的空无。

24

这个空无，它就要获得实存。

词的豹子，吃了我，就有了肉身。
它身上的条纹是古训的提炼，
足迹因鸟迹而成篆籀，
嘴里的莲花，吐出云泥和天象。

25
豹的猎食总是扑空。
要有多少个扑空被倒扣过来，
才能折变出
尘归土的一个总的倒转，
以及，词的遗传，词的丢魂，
　　　词的败退和昏厥？

26
人的鞋，对豹子太小了。
那样一种削足适履的形象
不适合黄山谷的豹。
带爪子的心智伸了出来，伸向无限，
又硬塞进诗歌的头脑
　　　　　　和词汇表。
野兽的目光，借人的目光，一瞥。

27
人走不到的秘密之地，
变身豹子也得走。
那么，以豹的足力，
将人的定义走完，
走到野兽的一边去。

28
撕裂我吧，洒落我吧，吞噬我吧，豹。
请享用我这具血肉之躯。

要是你没有扑住我，
山谷先生会有些失望……

2012.4.26 改定

江南引

前世的花，能开出今生这片月光吗？
一朵花，暗藏起自己的天姿，
把大城市塞进小村庄去绽开。
北漂的人，不写江南文章，
因为花的眼，睁眼一看是个盲人。
月光，上釉般覆盖大地的失眠夜。
　　　　这漫漫长夜呵，
一对男耕女织的书生，
走出经济学的魅惑，驻步六朝，
对建安七子说：前世并非先于来世，
　　　　而是紧随今生之后。
词与肉身相互催促，推迟了时限。
这读秒的古代，能拿它当花开吗？
一朵水仙，偏要开在睡莲里，
一个春药般的男人，一纸春色，
偏要问：春风怎么吹才不绿？
　　　　未来，有的是时间把自己变小。
新月深及旧爱，但你的手怎么伸出
也无手。是谁，激滟地掏出户口本，
以为你不是你曾是的那人，
那个思想的走私贩，那个品酒师，
那个对花粉过敏的园艺人？
人呵，怎么才能成为自己身上的陌生人？
　　　　眼前这片小农经济混沌未开，
这片水泥的大海一直铺到书桌上，
沥青的波浪，因水墨而散了怀抱。
会计在刀锋上等着卷刃的全球化。
　　　　但是，人的痛在那里呢？

这尖锐的痛，没它，人凭什么飞翔？
凭什么，如此壮阔地自我赞美，
却又更彻底地自我反对？
　　　　古人路过当代，朝橱窗里
望了望：模特可真多，但美人安在？
山河依旧，时间线索的针脚依旧。
沿街的墙上，孔雀被用来涂鸦，
海豚把女高音的嗓子抖了出来，
夜莺，努力想要唱得像一只夜莺，
　　　　忘记自己本来就是。
一脚踩空之后，背影转过身来，
但那还是一个背影。
若非落花，如何开出真花？
花开到最后是一颗人心。
不开的花，也都开败了。
如果众花打不开自己，就是小五金：
词的铝合金，以及教育的螺丝刀。
大千世界，数到一百还是缺少一。
　　　　开在这朵睡莲里的不是你，
关闭的也不是：除非此身是个天外身。
灵魂如此纯洁，不知去往何方。
然而，不纯洁挺好，挺迷人的，
　　　　不一定非要纯洁。
去火星吗？海棠花被开错了，
还有什么未纠正的错误值得一开？
花的衣裳鲜艳动人，还嫌不够穿么，
非要把江南老布穿上真身，
非要穿出那样一种作旧的味道，
　　　　外省的味道，民国的味道。
花的苦行：它的吸引力
在于它不知落在谁手上。
它孤独地闪光。
而我拾起落叶这柄孤剑，
刺入无边的春色。

　　　　　　　　2011.5.26

老虎作为成人礼

1
老虎扑上来的刹那，
猎手出于本能，开了一枪。
老虎应声倒地。

猎手扣响的是一枪空枪。
枪里的子弹，猎兔时打光了。
一个空无，扣不扣都不在枪上。

……但老虎真的死了。

世界的推理突然变得高深，
子弹和词，水天一色。

2
也许另有一个浮生相隔的枪手，
与本地枪手构成对称性。
准星，从两个时空对准同一只老虎。
老虎挨了一枪。即使是词的一枪，
命中了也会流血。

大地上最后一个幽灵猎手，
宁可饿死，也不射出最后的子弹。
那么多美味的兔往枪口上撞，
但最后一粒子弹属于尊贵的虎。

猎手朝幻象老虎开了一枪，
倒下的却是老虎的实体。
词是个瞎子，唯肉体目光深邃，
能看见子弹的心碎。

枪，为枪手预留了古代，
并将老虎的滚滚热泪冷冻起来。

3
在玩具枪造得像真枪的和平年代，
城里的中产男孩聚在一起，
玩枪击老虎的游戏。
乡下孩子没枪，只好把子弹壳
往布老虎的肚子里塞。
这一切只是闪客般的恍惚一瞥。
多年后，孩子们以闪存耳朵
去听千里外的人体炸弹。
帝国主义这只纸老虎，
有时会像真老虎一样磨牙。

白雪皑皑的老虎基金呵。

从本地提款机到原始森林，
从老虎的千金散尽到虎骨入药，
从枪械管理法到禁枪令，
即使是真枪实弹，也射程有限。
何况子弹被压进了历史课。

4
跑步机老虎跑不过体育老师。
大男孩与哑铃老虎比肌肉。
小男孩，用买跑鞋的钱去买枪，
悄悄递给一袭风衣的劫匪。
警匪之间，孩子们更喜欢劫匪，
因为他骑马骑得四蹄生风。

坏教育比没有教育更像一部烂片。
男孩把枪战片看了无数遍，

警匪两个人都被看老了，
子弹还是没有打光。
劫匪能逃出电影，但逃不掉生活。

因为逃亡者身上带一股虎味。
刑侦给狗鼻子穿上制服，
不舍昼夜，嗅遍寸土。
男孩学不会虎啸，只好学狗叫。

5
男孩拾起一条生锈的老人河。
生命的流水账目，如条形码缠身。
虎纹的锁链长进肉里。

父亲站在天空深处，
对男孩说：可以逃课，但别逃天文课。
这样你才能在星空中看到自己。

6
一只吉他老虎可以边走边弹，
管风琴的老虎，还得坐下来听。
为这只旧约老虎盖一座教堂吧。

但随身听的老虎更喜欢爵士乐。
一只新约老虎见到佛陀后，
十分钟，年华老去。

晚自习的老虎在学古汉语，
以便和庄周对话。

成人在老虎身上签下各自的签名 --
统治的，象征的，生态的。
男孩的签名是：武松。

7

五号电池的老虎跑断了腿。
它想用交流电的腿穿越物质，
又担心保险丝会断魂。

男孩看见老虎跑进太阳能。
漏电的老虎只剩猫那么大，
跑不过林中兔。

男孩给森林的尾巴戴上一付太阳镜。
据说森林的头颅是个哲学家，
却没人知道它是虎头，还是兔子脑袋。

哦男孩秘密的成人礼。
他能否在尾巴上跑得比脑袋快，
这得拿老虎的断腿，自己去跑跑看。

8

老虎进不了洞也得是高尔夫。
男孩却在该挥杆时转身去扣篮。

老虎并非乐观的青蛙王子。
但再悲观厌世的老虎
也不会每天吞下一只癞蛤蟆。

男孩用一千棵树种下一只老虎，
却不给它浇水，而给它喝葡萄酒。
一只高脚杯的老虎
对小女孩始终是个谜。

9

男孩身边有一大堆姨妈
却一个姨父也没有。

也许男孩在成人之前

该去真老虎身边，偷偷待上几日。
而不是在体育课上比划猴拳，
在生物课上空想着恐龙。

不过别指望老虎的王国会有电玩。

10
自然醒的老虎深睡千年。
而闹钟里的老虎，没闹醒自己
却吵醒了身边的猎手。

男孩与猎手在猎户座对表。
老虎从钟表取出枪的心脏，
把它放进词里去跳动。

老虎，将慢慢养得邀宠，
正如苹果在树上一定会成熟。

与其拿手中这杯果汁老虎
次第推杯，看着它变甜，
不如趁它扑上来吃人时
给它一枪。词，会把它写活过来。

孩子，不必理会禁枪令。
也不必带枪，而是带上仪式般的恐惧，
带上人类情感的急迫性，
去尽可能近地靠近老虎。

但又保持咫尺天涯的那份渺远，
保持江山野兽的宇宙格局。

且存留一点点野性的激情，
既得体，又奔放。

　　　　　　　2012.5.25　纽约

暗想薇依

像薇依那样的神的女人，
借助晦暗才能看见。
不走近她，又怎么睁天眼呢。
地质的女人，深挖下去是天理。
煤，非这么一块一块挖出来，
月亮挖出了血，不觉夜色之苍白。
挖不动了，手挖断了，才挖到词语。
根部的女人，对果实是人质。
她把子宫塞进这果实，吃掉自己，
又将吃剩的母亲长在身上。
她没有面容，没有生育，没有钱。
而词已噤声，纵使肉身从存在
扩展到不存在，还是听不到自己。
那么，立在夕光中暗想片刻就够了，
别带回家乡过日子，
无论这日子是对是错都别过。
浪迹的日子走到头，中间有多少折腰。
北京的日子过到底，终究不在巴黎。
神我的日子，递给小我是个空茫。
因为这是薇依的日子，
和谁过也不是梦露。
旧梦或新词，两者都无以托付。
单杠上倒挂着一个小女孩，
这暗忖的裙裾，雨的流苏，
以及滴里嗒啦的肢体语言。
她用挖煤的手翻动哲学，
这样的词块和黑暗，你有吗？
钱挣一百花两百没什么不对，
房子拆一半住一半也没什么不对。
这依稀，这弃绝，不过是圆桌骑士
递到核武器手上的一只圣杯，

一失手摔得碎骨。
众神渴了，凡人拿什么饮水。
二战后，神看上去像个会计，
但金钱并没有让一切变得更好。
账户是空的，贼也两手空空。
即使人神共怒也轮不到你
替她挨这必死的一刀。
词的一刀，比铁还砍得深，
因为问斩的泪哗哗在流，
忍不住也得强忍。
而问道的手谕，把苍天在上
倒扣过来，变为存在的底部。
微依是存在本身，我们不是。
斯人一道冷目光斜看过来，
在命抵命的基石之上，
还有什么是端正的，立命的。

2012.12.30　北京

798

小时工掰成两半花的钱
一百年积攒下来
也不够考古学一天花
北京人拿着几枚土鸡蛋
敲破资本的壳体
柴米油盐，往热锅上一摊

该烧出水垢的，烧出了乌云
该涂防腐剂的，涂了层釉彩
该浅吟低唱的，唱破了嗓子
该刻骨的，该刮骨的，该走上刀锋的
胡须贴着草场地，春风一吹

哦山河入怀的 798
怀里的野兽已成宠物
铁牢和铁饭碗，全成了易碎品
贴上小心轻放的标签后
要么空运，要么上架

   野史也已分层。北美的一场雪
   被山西煤炭烧成了陶瓷
   搁放在时尚货架的最顶层
   少年白，你得登上多少座山外山
   才能登顶这无边的荒野

思想的供货商忙着进年货
他们避开网管的幽灵目光
腾空网址和军械库
词的皮包骨头
被物流堆在四环一带

   五环外传来二手公知的消息
   别以为嘴里不嚼口香糖
   人民的日子就不甜
   该拔掉的坏牙，拔了还在咬牙

还了一百万的债一分也没欠过
读了一百卷的书一页也没写过
喝了一百吨的酒一滴也没酿过

   但为什么隔世独酌的那厮
   醉个半死，却滴酒不沾？
   为什么一个风尘女子
   岔开两腿，挺起巨乳
   却连手也不让男人碰？

人体一直变 , 直到变成人体炸弹
手机一直响 , 直到死者伸手去接
泥土一直捏 , 直到捏出土里的肉
肉身一直烧 , 直到烧出陶俑

　　归去来 , 归去来
　　一人独行是窄巷子
　　游客走过就是青天大道

这是初春 , 这是大雾沉沉的 798
小陶人可以混迹于众生
也可以一怒摔碎自己
你就一片片拾起这心碎
数一数艺术这具孤身上
有多少小资和大款

　　你就听凭小陶人漫天要价吧
　　它可以是人 , 也可以不是
　　人自己却不得不是

　　　　　　2013.2.21　于北京

■ 电子碎片时代的诗歌写作

欧阳江河

一

概括我们现在的时代是非常困难又非常简单的一件事，这是一个消费的时代，物质享乐的时代，充分商业化和信息高度沟通的时代。而这对文学造成了怎样的后果，又将文学置于怎样的生态呢？韩少功说，现在的文学生态是一种"电子化的上古文学生态"。我想，置身于这种生态中，人们存在于博客、微博等各种信息交流的社区里，文字变成了一种像狗一样饿了就叫的东西。在这样一种生态中，存在的定义被改写为：我网故我在。每个人都想表达自己，想从匿名的状态变成署名的状态，而这个署名又往往是个假名。在接受和传递信息的过程中，每个人都被纳入了一种在线状态，成为一个链接，一个交流，一个表达，但却没有被表达的真正内涵。也就是说，全部东西到最后都变成了意见、看法、观点、反应和资讯，文学和思想却基本上消失了。在这种情况下，阅读和写作二者都变成了消费。一切都呈现为流体状态，由于"在线"的原因，人变成了其中一个又一个中介环节。所有环扣都是衔接在一起的脱节。所有能量都是耗空。

二

如此一来，那些关于"我是谁"、"我在哪里"、"我来自哪里，要到哪里去"的人类最古老的追问，变成了"我在线上"，"我来自线上，去到线上"。那么，在这种信息过于膨胀，交流过于容易的时代，诗歌要做些什么呢？一个极为严酷的事实是，我们所处的这个时代，不仅仅使得意见、思想、资讯的接收和传递改变了性质，而且连使用的语言本身也变质了。无论你在全世界任何地方，你都呈现一种"不在"的状态，我对此状态的定义是：你在你不在的地方，你是你不是的人。因为你只是要么在短信、手机里，要

027

么在博客、e-mail、微信或微博里。存在的处所和定义变了。那么人是谁呢？人的肉体存在反而变成了一个偶然，一个不确定，元自我从根本上被改写了。在这样一种生命状态里，诗歌的元性质也被改变了。

三

上个世纪初，庞德、弗罗斯特、海明威那一代美国诗人、作家曾到欧洲"流放"，这种"流放"是一种词与肉身相互确认的流放。美国人因没有文学传统而自卑，因此他们到欧洲去朝拜，染一点儿元文学的味道，去成为自己的另一个人，一个"美国的欧洲人"，然后，再回到美国。他们经历了时空和地理意义上的身历其境的流浪，一种词与肉身合并在一起的、双重意义上的文学流浪。这个流浪改变了美国后来的文学性质，也使这些诗人和作家经历了文化变形和换位。比如艾略特就变成了一个"英国人"，庞德变成了半个欧洲人，弗罗斯特则变成了一个半地方性的美国人：他将超级帝国缩小为乡土新罕布什。但无论怎么变，他们都有一个共同点：身临其境。他们的人生变动，他们的文学流浪和心灵放逐，是把整个生命带进去了的。不像当下这种网络的语言流浪形式，你在美国打开网络，可在语言意义上仍是置身于中国，因为你身在美国，上的却是新浪网和百度网。虚拟空间的发明，对语境的改变是非常大的。

四

在这样一种变动之中，全球的政治领导人们也在改换自己的语言，所有国家都变得有点"公司化"，国家领导人变成CEO，统治语言越来越网络化，数字化，经济化。而统治者的政治生命有一个固定的时间段，几年一换，像是一种"政治的经期"。这样一来，统治者的语言变质了，政客的语言变成选举语言，变成了经济学语言，混合了数据、环保、人权、公关、福利等等成分，这些都在政治生态的意义上构成了统治语言。

五

如果连统治者的语言都如此，那么被统治阶层的语言又如何？我们已经看到，人们的语言现在已变成了短信语言、微博语言、媒体语言、广告语言，连成一片且速度奇快。中国古代的语言最初要刻在铜鼎、甲骨上，是十分缓慢和有重量感的,后来慢慢进化成写在竹简上、绢帛上、纸上,直到现在写在"比特"上。这是一个越来越轻的历史演化过程。语言里面的物质性、实在性、肉身性和心灵性,伴随这样一个变动和衍化序列,在经历着深刻的变化。

六

在这样一个时代,诗人何为?就我个人的创作过程而言,我曾有意停写了八、九年。我担心:我的写作会不会变成一种惯性的东西,会不会跟心灵和生活的处境脱离开来?词,会不会变得抽象,变得像呵气一样稀薄,像一种勾兑出来的东西,原酿的东西会不会已经从中消失了?勾兑的东西是没有时间的,它要么将时间看作格式化的配方,要么是对时间的取消。所以,在我写作暂停的这几年中,我是想要思考,我和我所处的这个时代整体的关系,这里面的设计、确立、思考、批判在哪里?写作的根本理由又在哪里?单纯的美文意义上的"好诗"对我是没有意义的,假如它没有和存在、和不存在发生一种深刻联系的话。单纯写得好没有意义,因为那很可能是"词生词"的修辞结果。

七

记得 1994 年,我在报纸上读到比尔.盖茨去台湾,一下飞机就对接机的台湾 IT 界巨头说:我们这代人要干的一件大事,就是消灭纸。盖茨的这个宣言,是一个最经典的电子时代宣言,它正告我们,当代电子资讯的本质是什么,以及资讯和资本联手后要干什么。他们要把一切"资讯化"。包括历史,思想,文学,所有这些类别的经典文本,都要加以资讯化。然后,使之变得和日常消息,生活的流水帐,时尚潮流里的各种流行性元素,今天天气哈哈哈什么的,等等资讯化的东西,没什么两样。他们甚至都懒得消灭思想和文学,他们非常民主的,中立的,与新闻消息、时政信息一视同仁地将思想和文学保存下来,分门别类,立此存照。在这样的框架和机制里,大家平等地竞争点击率,知名度,影响力。格式和架构变了,时间和空间、词和肉体世界的概念也变了。如果资本和全球 IT 新贵连"纸"这种最后的、最接近灰烬的、最轻盈的实存样式也不能忍受,也不放过,那么"发生"又意味着什么呢:写作?学术?思想?批判?传播?捣鼓杂志和出版?看来发生和行动本身的定义,也得重新考量。

八

现代性已经丧失了哀痛和抵制，变成了资本和大数据的庆典。独特性的消失伴随着感伤和哀痛的消失。独特性被嵌入格式化时间，被归类，被存档。哀痛本身所包含的否定，从来没有像今天一样，在大数据的运转中，委身于强有力的肯定。现代性：实际上我们从来没有现代过。后现代已大踏步地完成了对现代的僭越。

九

资本这个怪物，晚年的歌德一直在考虑怎么对付它。一百多年后，我一边阅读后半部《浮士德》，一边悲观地想：也许没辙。因为歌德提出的浮士德冲动，如果放在当下语境，里面不仅包含了资本的力量，也卷入了网络的力量和新青年的盲目性，还有愤怒的能量，亚文化话题的能量，贪婪的能量，骗的能量，试错以及纠错的能量。别忘了，浮士德冲动本身也资讯化了。其实很多东西，无论怎么公共化和经典化，在智力上也混不过去。但大众认可。电子碎片时代，真的是一个在心智上全面返祖的从众主义时代吗？这个趋势不可逆转吗？看起来，诗的孤独是注定的，宿命的。因为任何将诗的语言变为共通语言的历史努力，都注定是徒劳的。仅仅将诗歌的事情放在写作的向度上考量是不够的，要把存在方式也放进来。写作，不仅仅是怎么写的问题，也是怎么存在的问题。

十

就当代诗歌生态而言，怎么写的问题与怎么读的问题混在一起，批评性阅读与消费性阅读混在一起，嘲讽与自恋混在一起，狂欢与冷遇混在一起，一流诗与三流四流诗也都混在一起。总之我们称之为诗歌的东西，跟媒体、网络、消费逻辑，混在一起，又闭塞又开放。面对这样一个诗歌江湖，你能指望从中产生出良好纯正的诗歌趣味吗？我不知道这是不是一个伟大的时代，但我知道，几乎所有媒体意识形态话语，都无法对当代诗歌在其深处正发生什么进行描述。甚至批评在进行描述时，所使用的种种术语，也更多地适合二三流诗人，而不足以描述一流诗人。这是个很大的问题。诗歌的深处之变，不仅仅是如何去写的问题，也是如何去读、如何批评的问题。布罗茨基写到：为那些从未发生过的事情建立一座纪念碑。这座纪念碑，是写的纪念碑，更是读和批评的纪念碑。当批评在阅读诗歌时，写作也反过来在阅读批评本身。关于写作是如何看待阅读的，我将另写一个东西，加以深问。

十一

或许要过好多年，我们才能看清大诗人、大作家的价值、意义，才能开始描述。可是如何描述？比如，在德语中如何描述卡夫卡或荷尔德林，在英语中又如何描述庞德与乔伊斯呢？如果仅仅从异化或者孤独的角度去描述卡夫卡，就把他简化了，他比这可要丰富得多。如果我们只是从与美国决裂、与意大利的法西斯合流这个角度去描述庞德，那只是一种二战政治的描述，而我们所接触的不是他伟大的诗歌内核。没有任何媒体语言、转基因的公共语言能够精确地描述一个真正的一流诗人。他永远是一个悬搁的、费解的难题，常常是一个难堪、一个困惑、一个冒犯。100年、200年以后还是如此。

与豹对视

欧阳江河

《黄山谷的豹》是我的一首元诗。诗的文本深处有一个完全隐去的"本事"。

1964年,我在四川西昌的八一小学上二年级。暑假期间我去大凉山,在父亲所在的彝民团军营待了两个月。我两次看见同一只豹子。豹,隔着军营带电的铁丝网,隔着真枪实弹的哨兵,安静地与我对视。两次看见豹子都是在午餐时,一次相距70米,另一次仅50米。

那可是自然世界的一只豹子呵:人反而待在笼子里。如果不是带高压电的铁丝网将我与豹子隔开,它可以在一秒钟内咬死我。豹与我的对视,有十分钟之久吧。豹子非常安静,而我当时也一点恐惧没有。我想,即使有恐惧,也转换成宇宙洪荒般的少年狂喜了。

这件事对我产生的持续影响,神秘而又彻骨。

后来,这只豹,幽灵般出现在我所读到的里尔克诗篇中,出现在我所看到的一幅神秘静谧的照片里:月光下的一只豹,优雅地抬起它无声无息的爪子,如领受圣餐般对待眼前一只必死的小动物。

再后来,我读到黄庭坚的两行诗:谢公文章如虎豹,至今斑斑在儿孙。古人的豹子,就这样携带着精神的纹理、汉语的遗传基因,从自然世界步入元诗的幻象世界。

这么几只看上去全无日常逻辑关联的豹子,寄身于同一只元豹子,秘密建构了一首诗作的"本事"。而我,和这样一只豹对视之后,一生还有什么不能轻轻放下的。

要是世界伸出豹的爪子抓我,我提醒自己,千万不要以修辞术的手艺,将那爪子修剪成温柔漂亮的宠物爪子。我绝对不能忍受的是:豹一爪子抓在我身上,事后只留下一点点无关痛痒的猫伤。所以,我绝对不会动念让豹去修剪指甲,或让豹去看牙医。豹爪子在我身上抓多深,多狠,我都认了。吃我,我也认了。

因为这是我八岁时与之对视的同一只豹子。

2013.5.19

豹，撞碎词语的玻璃

——欧阳江河近作的"政治"阅读法

季亚娅

一

在我看来，欧阳江河修辞法的秘密，隐藏在他的两句话里，"透过词语的玻璃"，"隔开是看不见的"（《玻璃工厂》）。

不是在这样的意义上谈"隔开"：不是将透明的、公约性的词语砌成"玻璃"的丛林，让理解的光于此间折射反射漫射；不是百折千回的形式感背后扭曲、回旋、非直达的诗歌意蕴；不是偶尔光洁优美的抒情片段里的沉降、黏液和冒犯；不是贪婪的、吞噬一切的词汇表；不是这些。将词语揉碎、折叠、打个结，诗人对此有种孩子般不知疲倦的喜悦和天真，却同时兼有音乐家或钟表匠般的数学精密性。他这样做了，若非如此，写作就会仅仅是个人享乐而非劳作。如理查德·威尔伯评庞德的，诗人的博学无非是为了"在语言中注入最大限度的意义"。

甚至也不是读和写，在阅读中文本所裂开的缝隙、同时也是可能性空间里谈"隔开"。只有一种阅读方式，永远不贴合文本、不严丝合缝的阅读方式。这一堆词语的玉树琼花，你能掇开多少朵，你碰巧最先解开那一朵，你是触摸、用拳头或是轻轻呵一口气，决定了文本开或不开，是推开一扇窗还是堂奥森严。但是不要紧，"隔开"逼迫一种不自恋的阅读，一种反知音的、开放的和永不停歇的阅读。这很像是去照一面破碎的王尔德之镜，照出阅读主体的拆分和反面、前世今生、千山万水。诗人曾说，"真正有效的写作应该能够经得起在不同话语系统包括政治话题系统的重读与改写"（《1989年后国内诗歌写作》），它通过诗人提出的"语境"概念，将读与写连接起来，将热的感受与冷的叙事搅拌起来，将当下阅读与历史阅读联系起来，成为一种词语的政治。

责诟欧阳江河"炫技"或耽溺于词语享乐主义的人——这也是对90年代诗歌某种陈词滥调的批评，正是忘了，或没读过90年代诗人的这一组诗论文章，《当代诗的升华及限度》《1989年后的诗歌写作》。彼时期的欧阳江河，用"反词""升华""语境"等概念，早已解决了技法与历史的问题。

在词与物之间，在纯与不纯之间，在美学与政治之间，在现实和修辞之间，诗人早就安置好了自己的位置。谈论"反词"的人最容易忽略一点，"语境"。不是在词语与词语的逻辑关联里谈论"反词"，而是在具体的私人体验、同时也是历史与政治的语境里谈论它，因而修辞法里本身隐含着严肃的批判政治。如果通用的语言是欧阳江河所说的"假词"，是柯勒律治意义上的"假嗓子"，"隔开"/"反词"的思维方式则类似于用"假嗓子"唱出具体历史"语境"里的"真声音"。它始于一个人的哼唱，继而是一众人若有所悟地跟唱，在无数肉嗓子的反复演颂里，主题终于开始凸显，暧昧与精确获得某种诡异的平衡。谁说欧阳江河是没有主题的？

对此不妨做些历史主义的简单解读：诗人提出从反词去理解词的方式，基于他对"圣词"的厌倦、怀疑和抵制。这有点类似词语的"玻璃"属性，词语本身具有自动升华获得意义的"透明性"，词语亦蕴含着"反词"的矛盾向度和爆裂的可能。他要指出当代社会的普遍现实之一，正是无所不在的词语"玻璃"，构成"看不见"的、未曾意识的和无所不在的"隔开"——将世界的真相隔绝在一种全球通用的、"硬通货"式的语言（也即"圣词"）之外。为此，反词的思维方式即意味着，对"玻璃"词语及其透射的现实与历史的风景保持理智上的清醒和态度上的谨慎距离。而强调"不可公度的反词立场"、个人语境相对于公共语境至高无上的独特性，更是试图从历史中拯救个人，从美学中打捞历史，这也是经历 80-90 年代转折之后自由主义知识分子的普遍立场，亦与 90 年代小说界的"纯文学""个人写作"构成某种呼应。面对历史，激情消散之后那种智识上的清醒和行动上的无力，机辩亦同时是安全的"批判知识分子"站位，回到词语，回到美学中的历史，这是一代人隐晦曲折的心情选择。"词与物"的现代性理解方式无疑为此提供了最好的遁词。诗人选择"站在虚构那边"，很可能是他借此说服自己，"虚构/词"里仍存有可能，而"现实/物"的世界则相反，因为"物似乎也站在虚构一边"（《站在虚构那边》，第 135 页）。

于是"隔开"表现为某种历史旁观主义的态度。在诗人著名的《傍晚穿过广场》里，他完成了一代人对于革命、对于参与/行动的责任伦理的精神告别式。泪水/石头，骨头/石头，软组织/石头，利剑/石头，倒下/站立，婴儿车/落日，这些两两相对的"反词修辞法"所组织起来的世界，是"我"夕光中远眺的风景，没有一处是"我"的栖身之所。我不是"幽闭时代的幸存者"，不是"行走剑刃上的人"，不是棺盖落下后注定要"躺在里面的人"，我只是，"曾经的站立者"，而且"从来不是一个永生者"。我来了，我看见，我说出——也许注定是"被抹去、被遗忘、被践踏"的"黄金镌刻的铭文"。

这种自觉的、有限度的旁观者意识在近作《暗想薇依》中依然在延续。《暗想薇依》有三个叙述人称，我／你／她，或者更是：我，"你"中的"我们"，她／斯人。如果《广场》是"革命之殇"，《薇依》就是幸存者的"存在之痛"。当然你会问，为什么是薇依？薇依这个"她者"与"你"／"我们"的现实构成怎样的对应？薇依是后革命消费主义时代所缺失的这样一种人："她用挖煤的手指翻动哲学，这样的词块和黑暗，你有吗"？这是诗人自问，也是对"我"之主体归属的"我们"——这群"词语的亡灵"有限度的反思："薇依是存在本身，我们不是"。这里的"存在本身"指的是这样一种非符号"存在"：与现代知识专业分工体系相对立的"知识／行动"合一，"思想／劳作"合一。词与物本应该呈现出这样的联系：

> 地质的女人，深挖下去是天理
> 煤，非这么一块一块挖出来
> ……
> 挖不动了，手挖断了，才挖到词的大赦

但"即使如此，也轮不上你替她挨上必死的一刀"，因为"神我的日子，递给小我是个空茫。""坐在夕光中暗想片刻就够了"，"小我"的主体，不是行动的主体，诗歌的行动只在写作内部。还需要提德里达文学行动之类的老腔调吗？行动的缺失其实延续自诗人90年代对于行动之类集体意志的警惕：缺乏内向辨认的道德或政治意义上的"行动"就是个"圣词"，必定以燃烧"小我"来点燃牺牲的祭坛。然而，美学内部的自我省思就能找到通向他人／世界的幽径吗？诗人就这样在犹疑中保留着自己的纯写者姿态。

锦绣般香艳的《江南引》，其细密精致的古典针脚底下也隐藏着同样的诗歌主体自我反思的主题。它当然不仅是一次朝向古典的"词语"旅行——那是另一个后文要讨论"汉语／中文"的诗歌现代性问题，你只需先读出这几句：

> 眼前这片小农经济混沌未开，
> 这片水泥的大海一直铺到书桌上，
> 沥青的波浪，因水墨而散了怀抱。
> 会计在刀锋上等着卷刃的全球化。

　　但是，人的痛在那里呢？
　　这尖锐的痛，没它，人凭什么飞翔？
　　凭什么，如此壮阔地自我赞美，
　　却又更彻底地自我反对？

　　"痛感的缺失"正是作为"旁观者"的当代知识分子的共同毛病。但是舍此途径我们如何能"成为自己身上的陌生人"（《江南引》）？拼死一痛就能吗？是什么让"我们"又一次"隔开"在转型期复杂而剧烈的疼痛之外？

　　《798》里"一怒摔碎自己"的小陶人也许会痛，因为"二手公知"绝对不会痛。这些"思想的供货商"，脱离生命体验，倒卖着观念世界里的"口香糖"，但别以为不嚼它，"人民的日子就不甜"（《798》）。在这个消费主义的时代里，诗歌是这样的小陶人吗？俯 "可以混迹于众生"，仰可以脸朝天摔碎自己。对于欧阳江河来说，诗歌的意义之一在于为观念世界里的知识，提供不能被消费的个人生命体验："任何理性的、思辨的东西，要是没有被手捂暖过，没有被眼泪流过，没有被牙齿咀嚼过，就不可能成为诗"，这是所谓"从内部点亮泪滴"（《我的写作要表达反消费的美学诉求》，《文学报》2013 年 1 月 31 日），也是诗人对"痛感缺失"的"观念 / 虚构 / 词"玻璃世界的一次感觉疗救。

　　这里的引申出来的问题是：如果诗人依然选择"站在虚构这一边"，那么如何站——如何处理体验和"隔开"的关系？站立者姿态怎样，是低眉顺手，袖手旁观，还是伸手为站立者"在荒凉的地方种一片树荫"（《凤凰》）？最后，站在"谁"的"虚构"这边？在这"物的世界也站在虚构一边的"年代里，当虚构世界的语言仅剩下叫做"资本 / 消费 / 金钱"的一种，即使诗人在关于"词"的本体论意义上没有动摇，也注定是两栖人，在词与物、左与右、我与众、写与读、美学与政治（多重意义上的政治）、"隔开"与"介入"之间意味深长地首鼠两端。时移世易，如果行动 / 旁观，集权 / 自由，石头 / 剑一整套反词语汇已不再有效，新的"反词"谱系将如何发明？此时此刻，二元对立式的反抗对新的一元统治是否还有效？正是在这里，重新提笔的诗人，出现了 90 年代立场的某种后撤。

　　他能逃出这词与物打转的玻璃之城吗？

　　一

　　答案是，如果诗人遇到一匹豹。

每个诗人都会问，什么是我写作的原动力？是什么曾使我停下来？又是什么追逼我不得不再次提笔？

《黄山谷的豹》正是一首陈述诗人自我写作因由、困顿、姿态和诗学理想的元诗。

豹之初现身于空无，它似乎是一个太初有言的词，"起初豹只是一个乌有，借身为词 / 想要获取生命迹象 / 获取心跳和签名"（《黄山谷的豹》）。它出现的方式如此特别，"不要试图寻找豹，豹会来找你的"，豹与其追赶的猎物之间，始于一种精灵般的宿命联系，只有最敏感的主体才能感觉到它；继而恐惧无所不在，追逃无所不在，渴望无所不在，"撕裂我吧，洒落我吧，吞噬我吧，豹 / 请享用我这具血肉之躯"，只有最强大的诗人才能活下去，通过被它吞噬而活在它的身体里。这是一种神话献祭般的写作仪式，但我不想在神话的、纯诗的、生命原状态的激情之类美学神秘主义氛围里讨论它。我把这精灵一样的敏感性同样看成"政治的"、历史的、同时也是具体个人处境的——看成继 90 年代"玻璃"、"反词"之后，诗人对词与物所构成的世界秩序思考的延续；看成当代诗歌主体在传统 / 现代、新 / 旧转型之间磨牙吮血的恐惧；看成诗歌本身对世界、对现实秩序、自我身份认同以头撞墙式的反思和突围。

因为这只"豹"是有定语的。如果"豹"的身影让诗人感觉到了某种"伟大传统"的"影响的焦虑"，为什么是"黄山谷"？我为这一设问设置了第一对反词关系，"黄山谷 / 杜甫"。

让我们在"玻璃"，这词与物无缝隙的闭合状态带给诗人的焦虑与压力里来谈论它。如果在现代语言本体论哲学传统里，词与物呈现出反向的关系，即存在本质是一种语言行为，现实不过是一种符号关系；古典诗歌传统里词与物的连接方式则是正向、物本体的，总体而言，以杜甫为代表的古典诗歌"诗言志"儒教"诗教"传统使诗歌变成一种高度及物的写作，诗歌文本与行动之间呈现一种紧密甚至直接的政治关联。而黄山谷是中国古典"诗教"传统的例外。他大概是中国诗人里最接近语言本体论的，谁会像他一样把处处用典、无一字无来历"点铁成金""脱胎换骨"当成诗歌写作的葵花宝典呢；但请注意他的"活法"，他的"词生词"同时也是"物生词"、"词生物"，油盐酱醋茶生老病死苦，最典雅和最世俗的，"诗意"和"非诗意"的，无一不可入诗，几乎就是传统诗论"隔 / 不隔"的注脚。如果把杜甫式的诗歌美刺传统看成"半诗"，黄山谷的写作方式就是"全诗"，日常生活或者存在本身带给诗歌无限开放性，他的"老豹子"——词与词生养出来的典雅"诗意",只饕餮"非诗意"中最新鲜的生命体验,并以此获得肉身"斑斑在儿孙"鲜活年轻的好气色。

这也许是欧阳江河向往的诗歌方式,"全诗"意味着诗人不必站在词/物对立的二元世界的任何一端,不必在及物与不及物之间做出政治表态——而如果我们在更广泛的视野里谈论政治,不仅在行动/实践的意义上、在美刺言志的传统里谈论政治,而是从人与世界的关系、从人心建构、生活理想里谈论政治,从现代世界普遍存在的自我虚无里主体重建的意义上谈论政治,诗歌就从玻璃之城"隔开"的二手世界里逃了出来,从"反词"的抵抗逻辑里逃了出来。

长诗《凤凰》正在做这件事。不妨比照1997年的《时装店》,蒙太奇般眼花缭乱快进快退的时尚花絮里,让我记住的是这样一句:

路,也可以掉过头来走:清朝和前现代
只隔一条街。华尔街不就是秀水街吗

它概括的正是"玻璃之城"的本质——物就是词。作为资本主义现代性物质基础的华尔街,不过是观念臆生的产物,"人",除了在这虚幻世界里破碎成原子般的个人,似乎别无它途。

而《凤凰》正相反,是给"消费时代的CBD景观",再造一个思想的主体:

得给"我是谁"
搭建一个问询处,因为大我
已经被小我丢失了

巴迪欧曾说,"如果诗歌只是对语言的沉思,那它就不能成功地搬除世界的专业化和破碎化给普遍性设置的障碍"。于是从"小我"到"大我"的重建,走的只能是一条语言本体论之外的"词,被迫成为物"的相反之途:"得将意义的血肉之躯/搭建在大理石的永恒之上"。两首诗就这样在"玻璃之城"词与物的焊结处撬开一条缝,露出城里城外截然不同的风景。但诗人显然对"人"的血肉之躯能否完成朝向物我的返途并不信任,所以他让"人"的背后跑出一只爪牙森森的豹:"人走不到的秘密之地/变身豹子也得走/那么,以豹的足力/将人的定义走完/走到野兽的一边去"(《黄山谷的豹》)。"豹之初"就这样和"人的复生"联系在一起。人凭借从"豹"足借来的野兽之力，终于撞碎了词语的玻璃。

当修辞与现实合谋的幻像崩溃、物我幽闭的循环之途打破，清新的历史之风开始吹进词的城堡，诗歌出现欧阳江河所说的"吞噬一切的胃"，江河滔滔，泥沙俱下，"全诗"向一切"非诗歌"敞开；与此同时，一种真正严肃的批判开始变得可能。沿着《时装店》里的发现，欧阳江河建立了卢卡契所说的"只有大作家才有的世界观"（卢卡契：《叙述与描写》）：他发现了马克思意义上的资本统治世界"头足倒置"的秘密，观念的华尔街是物质的资本变成"主义"的前提。因而"资本／金钱／理性"所结构的一体世界成为其近作的主要批判母题。但诗歌与现实的关系不能简单化理解，"全诗"吞吐一切，并非意味着消化一切。不是掺杂进农民工、底层之类的词汇就自动转化为诗歌能量，那是对批判的庸俗化理解。真正有效的批判式写作不以同情他人作为写作的燃料，那只是一种"圣词"式的道德绑架；继而，他也拒绝燃烧自己，执炬而行的个人写作总会走到穷途——只有在世界观的基础上才能谈论批判，只有世界观才能结构诗篇，只有世界观才能将这一堆乱七八糟的词语垃圾吃下去、长成"凤凰"的样子，只有靠世界观的支撑才能解决长期写作的原动力。这是个"一"的世界，而诗人坚信，"诗歌是始于二"的（《欧阳江河：我的诗歌要表达反诗歌的美学诉求》，《文学报》2013年1月31日）。那么"二"下去吧，这就是诗人的认识论基础。

近期欧阳江河的批判母题，从词语的世界往下掘，把一种叫做资本的统治语言挖到了西方现代性理性知识结构的深处，这又是他借助"神我的"、信仰的"薇依"之手所干的事儿吗（《暗想薇依》），开出"地底下的火树银花"？这就是查特吉所言"理性的狡黠"，理性／资本的统一性所呈现的认识论特权，（帕尔特·查特吉：《民族主义思想与殖民地世界———一种衍生的话语》），以进步、以发展、以科学名义出现的名为西方现代性的历史必然性。

诗歌是这种"历史理性"之外的第二种语言，一种混沌元气化身为"豹"的语言，一种本雅明称之为"可译性"的太初有言，一种尼采所言"有颗粒的思想"，一种"亡灵的语言"，一种与"中心话语和边缘话语、汉语与英语无关的一种叫做诗歌的语言"（《1989年后的国内诗歌写作》），一种"政治的、统计学的、成功学的、金融和经济学的语言"之外的寂静之声（欧阳江河，何同彬：《若无死亡冲动，别去碰诗》），一种黑格尔意义上与劳动有关的欣喜若狂的"美"。如果可能的话，我称之为历史理性之外的"历史诗性"。它是本体层面的诗歌裸身面对历史的方式，为这工具理性主宰的世界保留一点虎豹之气，"一份江山野兽的宇宙格局"（《老虎作为成人礼》）。正是在这个意义上，诗歌开始创建和分有历史。

把这空洞的讨论落实在中国现代性历史与美学的双重进程里吧。在此语境里，让我们再问一次，为什么是"黄山谷"？另一对可以设定的反词关系是黄山谷 / 里尔克。在张枣的著名论文《朝向语言风景的危险旅行》里，将我们使用的语言区分为汉语 / 中文，认为新诗对"现代性"寻求中，使用的是一种"迟到的中文"，"它既无独创性和尖端，又没有能生成精神和想象力的卓然自足的语言原本，也就是说它缺乏丰盈的汉语性"。放弃了"汉语性"，也就是加入了"诗歌写作的寰球后现代性"，也使其加入了它一切的危机。说到底，就是用封闭的能指方式来命名造成的生活与艺术脱节的危险。它最终导向身份危机"，"中国当代诗歌最多是一种迟到的用中文写作的西方后现代诗歌，它缺乏诗"。

将黄山谷的参照设置为里尔克，是因为《黄山谷的豹》里有着类似文化身份的焦虑："豹，嗅了嗅白话文的滋味，以迷魂剑法走上招魂之途"。老词如何获得新生？如何看待当代诗歌中西血统之争论？当代诗歌 / 中文有没有通向汉语 / 传统诗意的途径？对于诗歌"文化身份"的追寻，也就是"汉语性"的追寻，有没有可能"变身为豹"，变成一种既有恐惧又有创造性的压力之源？诗人有自己的回应方式。在最近关于"大国写作"的表述里，他把某种张枣意义上的"汉语性 / 诗性"东西命名为"万古闲愁"，这正是"豹"之附身的"元诗"冲动。"大国写作"这个词多少带有经济崛起后的中国寻求文化身份功利主义的急迫味儿，但他对其内容的描述却很有意味："它事关词的奇境，事关万古和当下所构成的重影"（《欧阳江河：我的诗歌要表达反诗歌的美学诉求》，《文学报》2013 年 1 月 31 日）。在重影的世界里，诗歌传统的古与今呈现某种"同时性"，"它没有时间，所以将时间反过来跑"，既然如此，那我们何必急着"校准诗歌的时间"呢？"有人一生都在追逐什么 / 有人追逐什么，就变成什么，"这追与被追的状态，是对盲目服从于现代 / 进步等级制观念的反思吗？如果曾经满怀崇敬、热血的美学现代性的追逐最终变成一场"猫和腐鼠"的游戏，汉语诗歌的未来也许正在于：

豹的猎食总是扑空。
要有多少个扑空被倒扣过来，
才能折变出
尘归土的一个总的倒转

词与物又出现了某种对应。"同时性"，诗歌里不必校准的词语时间，也是经历百年现代性历史进程的中国的现实时间，我们常说的前现代、现代、后现代并存的魅影现实。那么诗歌里的这一次"总的倒转"，是否能导向马克思所说的"从前现代国家的陈旧反抗里，看到一个新的开端的可能"？这是诗歌为历史打开的想象空间吗？

带着这样的背景，再来读一遍《江南引》。"江南"，是词的现实，也是物的现实，它的主色调就是"前世／今生"的重影。江山如画，江山里留有诗性江南和理性江南的双重笔墨："眼前这片小农经济混沌未开／这片水泥的大海一直铺到宣纸上／沥青的波浪，因水墨而散怀抱／神在刀锋上等着卷刃的全球化"。诗人笔下一再、反复出现的"追逐"，几乎就是中国追求西方现代性进程的历史／词的双重表征。这也许是一个错误的追逐，有时会忘了自己"本来就是夜莺"，有时追了半天还是一个"背影"。但有什么关系呢，因为"若非落花，如何开出真花？"

理解这一点，你可以知道在何种意义上它正是格非《春尽江南》的诗歌互文本。有道是春归何处？除非问取黄鹂。诗歌是这样一只寂寞歌唱的"黄鹂"，记住，是黄庭坚的"黄鹂"，不是"忘了自己本来就是夜莺"的"夜莺"，为这"三千年和三十年重影叠加"的江南，其间所摇曳的全部古典／现代，中／西，众生／自我，唱一曲"百啭无人能解"的歌。

看这匹黄山谷的斑斓老豹，它来了，它将以现代性为食物，它的狂暴、欲望、激情、想象力、排泄物，最美好的和最差劲的。我们能在多大程度上忍受豹的美，就等忍受它的撕裂。多大程度上忍受感动，就得忍受冷漠和枯槁，多大程度忍受甜，就得忍受苦。那么，"吞噬我吧"，这是诗歌与历史同时的呼声。从"玻璃"到"豹"，二十年诗歌主体与世界的关系经历了从历史到语言，从语言到历史的一个轮回，这就是近期欧阳江河给我们上的诗歌政治课。

孔国桥作品：历史的面孔之黑暗中的舞蹈Ⅰ
凹版，70×50cm，2009

Poetry
Construction
建設

诗 选

Selected Poems

多多
诗歌（16首）

词如谷粒，睡在福音里

被等待的事物不守时
严肃的果实在书架上列队
是秩序不识路
骰子，才熬着日历

自由之内无物
大地没有另外的品质
等金属吃够了李子
屋内只有文具的气息

沿词的轴，核儿的敬畏
梦与知识来自同一图书馆
为装载，不为封存
等待，其实就是阅尽

在词语之外，纷乱之内
枯竭，醒得最早
晨光，只是七次鸡鸣
抽象的手势适宜抓住这时辰

写作，使恒古可以忍受—

耳朵上别着十枝铅笔

还怀抱着风,已跟不上落叶了
留在这里干什么
还在偷窥你有过的
离开它干什么

生活,吃永久的
回答它干什么,当词也吃词
源头已在节省
这就是你房间中的日落

但微弱的光也是光
开裂,是核心的事
偶尔留下几个字:不做什么
睡着时,你已是风

什么还在等待,然后错过
是地平线坚持着
生活反对顺利
或是死,另有内容

写出它,然后忘了它
你,不是你的残留
深处有了回答
死后,就是以后

而你还太年轻,还不是云……

一路接说

在雪线以上的年龄
享受这寂寞、充实与无言的风
不为盲目的风景识字
拨能够长出金指的树
你身后，词语自结链条
祝空无收获好麦子
水有限，而流动无限
一滴水，就还在扩大
一路甩手走着，荷塘便涌起来

就这样走向你的下游
晚期，没有请求
只注视女人，她们
不进屋，赤裸地对着青山
你，就仍在她们的生殖里
在头的遮蔽中，难忘的
是马群，牠们仍在过水
在更强的律动里
一心，而万物重叠
手中不牵任何线，已能把即刻送远

消逝，便是隐去的另一种舞蹈……

上　课

意味着等待是最古老的事
课桌，已替他们向下弯曲

"能隐藏，就能朗读"

这些头低得更低
以便向无辜靠得更近

"读过河的摇篮"

朗读送走更多的
缄默，什么都同意了

"不必读出声来"

这些头埋进书里
与缄默隔得更远

"让词过自己的礼拜天"

信号员举旗

列车，已迷失在方向里
接你的河从桥上掠过
每一粒星星都在换挡

人，就是远

你通过了那个声音
你通过了原地
——你尚未进入之地

下一站是站台

无声的道路

随云而走,如云无家
只为词语寻找居所,从
天空,这爆炸般的明镜
退潮般的石墙,一个头头相接的整体
还在积郁笔墨的绝境

它们冷峻的侧面,再不现字
其上其内,是其所是
以便让它们只是命运
去经历自身的空阔处

当所识的,不见
所见的,不识
辨认中,没有相遇
不记录,谓之见证

思想,不会在林内变得密织
雷声之怒,亦不知来自何处
现在下的是雨,是雨
落在掬接沉默的此刻
依旧坐于桌前
寻找者,遗忘了自己
也就无法把此静赠予他人

也许,就是路的无限感情……

在多多涅[1] 城堡

看守人，在吃包在手帕中的李子
残败的花园，在笑
诗歌的炉膛内，正值盛夏
炉，只知烧
快活的炉工，只知铲
一个女人在走过树荫后
已经老了

她曾经的美，仍震撼我的余生

在我们的爱最浓时合成的夜晚

我的箱子，很轻
帆，已徐徐割过草坪
船上，载着我们的楼
希望，紧挨着我们的邻居
更远处，离别
由更多新婚的房子组成
我的箱子，就更轻

为前行……

两片栗林夹着一块耕地

四角大风掩盖亲昵话语
遗照留下院内春秋

---

[1] 多多涅，法国南方一省。

我的父母，已是两排无怨的树
与纵横的旷野
密实地衔接到一起

捡净石阶上所有的故事
我愿再回最后一回头
看一块印满金鱼的台布
抖动梨林后面云形的生命

远处，舒展筋骨的人
已拿走我的思绪……

在几盏灯提供的呼吸里

对坐一日的余辉
一段泥墙，一座教室
把无光城市的轮廓组织到一起
尤如雍和宫底下
埋着的一声多大的叹息：

道路，不在大地
高处，才有河流

胸中，石墙滚动
两盏灯向西斜到一起
溢出这已被充盈的流逝
落叶，便给瘸腿的扫园人
以工作，也给你……

黑已至深

一扇门对着所有的门，为黑布道
无人能把门打开，是黑聚焦
无人能把门锁住，黑通着底
每一声雷都是门，带着黑之缘由
铁雨穿过铁门，保持黑色出口
通过黑色边防，把千年当反光

暗示，已把自身照亮——

你的心充满我的心

也充满远方的空气
如另一个人
屏住呼吸

就这样靠拢吧
睡着，也就触碰着
什么，还在练习
读出它来吧

什么，还在等待
然后错过

感受吧

只栽玫瑰的坡
暗下来了，沙
已均匀地洒到每张床上……

就这样告诉自己吧

追忆黑白森林

黑树白树,一夜只有白烛——
整日都是夜,白烛与树齐高
黑字流血,翻转过来生者的草
红花白花,铺出可被追问的家
字透出字,白寺白瓦白塔白马
歌专杀夜莺,剑专斩白花

从这些名字的尽头,残墙血墙
朝我们看,血迹字迹,朝我们来
血不是水,水不是水
相会多出来的人,再见的人……

从空阔处吹来的风

时而振奋,时而麻痹
那块总是模糊的天空

无人把脸扭向谁
从风景说不出的那部分
女孩流出的泪,攥到男孩手里
江河,在诗外翻滚

一个无限的终点
那遥远的此地

仿佛就是白沙门……

在图博格[1]墓地

死者和平地躺在一起
树守护树，我阅读碑文
我在世界的轰鸣中
捕捉他们的沉默

对着傍晚，循着墓碑的编号
一刻，街上也将无人
喧哗声，全会过去
我看表，看到一个更远的地方

我信，地下有更强的锁链

尚扬画展

书法，是人心的事
一如字是线条的记忆
一幅画不出声，躲在它的实质里
从疼，那有形的灵魂
让被砍断的神经移动
曾似人形，似曾相识
别告诉我们他们是谁
过于清晰，便只有尘埃……

---

[1] 图博格，瑞典北部一小镇。

赵野
诗歌（6首）

江 南

一

半座山柔光，整座城醉酒
一页书的抱负，白马红袖

钟声低空呼啸，南风奔走
乡愁迎头撞向晚的渔舟

彼何人啊，知我者谓我心忧
不知我者谓我何求

万方多难中独上高台
天若有情，怜我昔年种柳

二

断垣残壁是历史说明书
燕子掠过朝代的脚注

亡灵布满开花的树木
江山寥落，曾经万里如虎

唐宋濯我缨，明清濯我足
极目回望，那些名字多虚无

沁骨的忧思梨花般飞舞
天际一叶帆，荒丘一抔土

三

如月的人儿倚着阑干
空谷来风，有我多少期盼

三秋桂子绕十里荷田
积雪的手臂让游子倦返

梅熟日听雨，天凉时望气
人民知晓物候和季节

万顷春水成了集体的心病
山还是山，好梦已做完

四

千里莺啼，绿红一片狼藉
无边风月写出满纸烟云

美人和草木没来由猛长
空气都享乐，这汉族的宿命

湛湛江水一往而情深
那么多悲悯，替苍生洗尘

时代与我谁会先沉沦
谁在长歌当哭，煮鹤焚琴

五

少年的形而上学，白头的臆症
一种相思宛如亲密敌人

二十年怀想，只为一首诗
几个词汇就滋养他一生

江南啊，人人都说江南好
记忆的樱桃，舌尖上的风暴

河流中的镜子泠泠作响
我抽刀断水，为这末世招魂

春 望

一

万古愁破空而来
带着八世纪的回响
春天在高音区铺展
流水直见性命

帝国黄昏如缎
满纸烟云已老去
山河入梦，亡灵苏醒
欲破历史的迷魂阵

二

永恒像一个谎言
我努力追忆过往
浮云落日，绝尘而去的
是游子抑或故人

春望一代一代
燕子如泣如诉
隐喻和暗示纷纷过江
书写也渐感无力

三

词与物不合,这世纪的
热病,让鸟惊心
时代妄自尊大
人民从不长进

羊群走失了,道路太多
我期待修辞复活
为自然留出余地
尘光各得其所

四

速度,呼吸,皮肤的声音
无限接近可能性
多年来我在母语中
周游列国,像丧家犬

等候奇迹出现
"鲤鱼上树,僧成群"
或一首诗,包含着
这个世界最圆融的生命

五

祖国车水马龙
草木以加速度生长

八方春色压迫我
要我伤怀歌吟

要忠于一种传统
和伟大的形式主义
要桃花溅起泪水
往来成为古今

雪夜访戴

兄弟，我终于到了你的门前，晨光熹微
兄弟，我穿越了整夜的风雪

昨夜我被大雪惊醒
天空满是尖叫的狐狸
我彷徨，温酒，读左思
忧从中来，心一片死寂

四周站立白色，惟有河水
在流动，有人的暖息
世道险恶行路难，兄弟
我想起你就在剡溪

岁月苦短，好多愿望都蹉跎
每一瞬都在成为过去
于是我穿越了整夜风雪
只为胸中一场快意

此刻雾还没散尽，露水欣然
草木在阳光下渐渐苏醒
我打开了整个身驱
应和眼前的每一寸天地

"情之所钟正在吾辈"
我终要与这山川融一体
兄弟，我突然觉得可以回了
遂调转船头，酣畅淋漓

如果你醒了，请打开那册书
如果还睡着，继续做只蝴蝶
生命倏忽即逝，悲风遗响
我要走向另一种记忆

广陵散

一

日影压过来，鸦群似外套
此刻我感到了生命的寂寥

天空一片亡灵般青色
有如去年的生铁在燃烧

世界好静，虚无徐徐铺展
我还想弹一曲《广陵散》

这次人鬼同途，琴心合一
让群峰皆响，云穷水遥

二

琴弦泠泠，若石破天惊
琴弦铮铮，有戈矛纵横

北风从松下萧萧吹来
布衣之怒足以倾城
竹林早荒颓，故人已疏缈
山河满目，谁知我心焦

君子有所为有所不为
万里志空空，与光同尘

三

一个时代就是一种命运
鱼和鸟的当代史，深渊长林

世与我相违，危邦苦居啊
习习谷风吹我素琴

上不臣天子，下不事王侯
五弦里有归雁和醇酒

屋檐怨气冉冉，终有人
闻所闻而来，见所见而去

四

时辰到了，垂亡的辩证法
让这谢幕还算灿烂

余音袅袅绕行云流转
玉山将崩，天地也寂然

死不过一个概念，多么抽象
活着才具体，我已知晓

只可惜了这《广陵散》
如此曲调，竟会世再不传

读　史
——致敬文东

我寄居的朝代，其实
并不比别的时期更好或更坏

我从属的文明
还需要更深探究与品评

我读过的每一页书中
都有人忙着活，有人忙着死

而我已足够年岁
可以面对祖国的历史和山河

信赖祖先的思想和语言

季节变换，五谷生长
人事一茬茬代谢
我熟悉的世界仍在继续
不理解的也越来越多
我只是一个肉身，万物中的一种
如此信赖祖先的思想和语言
立于仁，游于艺
走在同类的坦途上

黄纪云
诗歌（11首）

春天的诗

鹅黄嫩绿。雨燕斜飞。情窦初开
哦，做梦的理由
比刚出网的鱼新鲜
为圆睁的鱼眼，安装匹配的
眼帘，或许可见
手中的杯，如何碎成一个完整的时代

蹦跶几下，喘几口粗气
接着，为赘肉进补
做无痛胃镜
吃国药，喝国酒，唱国戏。清明节
回老家谈恋爱

青山安在？一夜间，黄浦江死猪成堆
东风，在瓦背上
留下唐僧师徒西游的足迹
车轮黑压压，如蝼蚁
爬进限购的墓地

太阳流着有钱人的泪
月亮始终是个
穷鬼。到秋天，看它如何向祖宗交代

人间喜剧

人生如瀑，从悬崖展开。奔泻高歌吧
无论水量之大小，总得有自己的形状与色彩
飞流直注，或飘忽而下，碎玉，喷雪
舍身取义，克己复礼。为荒草里的石碑

从海上，从松林那边，风吹来盐与钙
日出东山，月落霜天，含英咀华，吞云吐雾
得意忘形时，如白虹贯日，谁与媲美
李白写下有病的诗句：疑似银河落九天

好景不长。只是口号出彩。金融风暴
欧债危机，国家破产，纷争四起。"坐看清
华水，长飞白玉烟"。君不见，云贵
大旱，西北缺水。枯流断源，亢龙有悔

唯樵夫渔子，伴你歌唱、落泪。伴你
走出乱石、荆丛，猿啼、鸟鸣，苍海与桑田
城市化等你，城镇化等你。雾霾，沙
尘暴，禽流感，地震，海啸，也等着你

藏锋守拙，匹练横空，都得面对悬崖
这残酷的耳朵，倾听你的消耗、蒸发，超拔
与孤独。冰冷的背，虚无的面。对酒
对花，情以何堪？睡吧，做梦，不花钱

十一月到南浔　兼致张静江

南浔像一只褪色的纸盒
藏着上个世纪的鞋子

树影如旧上海摩登女的发型
至今香水味尚存
当船从一座石拱桥下穿过时
有当年的脚步声响起

哦，能否带上倒影里的我
往返于上海、巴黎

四象八牛七十二狗
谁先把生意做到丝绸、茶叶、瓷器外面

革命是什么
不是穷孩子交不起学费

关于英雄美人，一讲就是五百年
照样新鲜

细雨里，发霉的河流
抱着老宅子以及旧事、新闻、老照片

只是版本不同

夜风吹过防风林，如小偷爬墙
黄昏的脚印里
留下被海浪吻过的笑声
白衬衣、草绿裤子
你不许我太靠近
哦，幻灭的，是煤油灯
和用旧报纸装修的房间
你在灯下复习迎考
让我坐在你的
旁边辅导。突然

遭到一只蛾子的袭击，灯熄了
蛾子也被烧得刺刺响……
直到你母亲的
脚步，从梯子上响起
最奢侈的回忆，是去海边看
露天电影。在人群里
疾走，我用手电筒
照你的脚尖
当经过一片墓地时，你的双脚
如上紧的发条
双手紧挽我的胳膊
我像电影里的英雄，昂首挺胸
现在想起来
我们好像就在银幕里，一直在
等着卸妆、谢幕、哭泣

回　忆

月亮从海里升起，又大又圆，天地橙黄
（后来，不管到哪座城市
月亮，总是如风干的鲳扁鱼
挂在阳台上）
挑着粪桶，或背着书包，山路深一脚，浅一脚
弯过山嘴，村子里炊烟袅袅
那时鸟多树少
从田里返回，归鸟停在我的扁担上
（后来，深夜回家，也闻鸟鸣
往往突兀一两声，不知从何处传来
为之一惊）
那时，母亲和我妹妹现在一个模样
那时，没有什么事比回家重要

——不过，经常吃不饱
只好铤而走险，卖私盐，买私粮
一旦抓住，就被送去劳教
那年初夏，厄运降临，二哥在我们的哭声中
被送往离家很远的地方……
父亲觉得没脸见人。从此，不出家门
村子里的人都说他疯了
直到我大学毕业，分配工作
他才肯出门干活，重操旧业
（父亲是个木匠。去世时，二哥比我哭得伤心）

雪地里的鸟

羽翼粘着盐粒似的雪
一只鸟
在窗外草地上打转
爪印
很快被飘落的雪覆盖

它从哪里来
为何飞到这里
转念间
不见了
但我没看见它飞走

草地上不见尸体
翻看被雪覆盖的那部分也没有
枯枝上
也没有
摇那棵樟树
掉下来的是叶子、雪

站在雪地里
我感到
雪，比我以及我所见到的真实

宠物时代

给这座城市擦身子洗脸，水枪、刷子
抹布，一应俱全，就是农民工工钱太贵
昨天，市政府常务会议决定
凡养宠物的市民，参加义务劳动一天
消息一传出，宠物们情绪激动
从上城、中城、下城赶到市民中心
打着"狗急跳墙"的横幅
并向市政府提出它们的
生活环境、食品安全、福利标准等问题
叫的叫，闹的闹，场面有些失控
市长怕影响本市维稳工作
怕闹到网上，事态扩大
万一被坏人利用，向"世界动保协会"
告我们虐待动物，那就更麻烦了
于是，召开紧急会议，启动应急方案
委派市信访局长到现场说服沟通 ——
女士们，先生们，朋友们：大家好
请大家安静。受市政府委托
我传达三点意见：一，你们的诉求
有关部门会认真研究；二，请你们
派出代表，下午市长将亲自接见
三，中午我请大家吃肯德基，饭后
请代表留下，大家先回家
下午的座谈会，在贵宾接待厅举行
工作人员对宠物代表，实行一对一服务
代表们也很有修养地在沙发上坐好
等待市长大驾光临
下午三时，市长在秘书长、信访局长等
陪同下，笑容满面地来到接待厅
但还没来得及坐下，就乱了套
宠物代表一哄而上，围着市长又吵又闹
日本尖嘴叫得最凶
老泰迪扯着市长的裤脚不停撒娇

愣头愣脑的牛头梗竟在地毯上撒尿
市长立即指示秘书，采取下一步行动——
不到一分钟，一头血统高贵、凶猛健壮
的罗威纳犬，站在门口
顿时，全场肃静。然后，响起热烈掌声

大堂吧

身体现实主义者，脑袋左偏
心脏右倾。三角钢琴，铜牙铁齿

天地交易如男女。太阳落山后
月牙升起签字仪式。咖啡香气扑鼻

这里衣冠楚楚。这里不是大雄宝殿
却坐着四大金刚，十八罗汉

拍手喝彩的散去。留下，跪拜时
膝盖骨发出老鼠的吱叫声

——唉，这些几千年养不熟的东西
只认得祖宗和祭品

老虎、苍蝇，与笼子什么关系
在各自的位置上，因无神论而甜蜜

大堂吧，济济一堂。座无虚席
欲望年轻。寓私密性

于公共性。交易结束时，龙井香槟
勾兑庶民的胜利

十二生肖

这十二生肖,即十二种或大或小
亦真亦幻的动物
随凶多吉少的日子走的走,爬的爬
按子丑寅卯的老规矩
接龙,进入走不出的迷宫

在这个星球上,除了十二生肖
谁敢组织上演"春运"这样的大剧
近三亿人次参与演出,历时
四十五天。自人类进入机器时代以来
这是空前的成就

谁能不服。包括好莱坞
只能玩阿凡达,或坦泰尼克,不是
触冰山沉没,就因遭遇野蛮人而倾覆
根本无法抵达大团圆的美梦

唯有十二生肖,年年爆竹声声
花好月圆。它们是世上最牛的钉子户
一块尿不湿
对付十二个老祖宗的屁股

重 阳

重阳节很贵族。它
优雅地走在山道上
如果忘掉老杜的浊酒杯
忘掉碧云天黄花地
在夕阳下站着,站成
石头。就会发现
这季节,很容易
被飞鸟清晰的投影迷惑

哦,完美的天空
水与火的子宫。归去时
别忘了将出生证带上
秋天是走进洞房花烛的
金色的新娘
一草一木一石,气息
是你,生死是你
秋风啊,为登高者击鼓

呵,宇宙

宇宙如大象,一边踩着此岸,一边踩着
彼岸。晃悠悠,独步于虚无
自从一粒光如精子射入发情的大海

宇宙里,遂有了生死恩怨
它将所有孩子,如风筝,拴在大鼻子上
让他们做梦

并对所有孩子说:你们都是我的子女
用眼睛微笑,用手语说话,走在回家的
路上。谁也逃不了

在回归尘土前,必须举行仪式
把坏账剥离,把赘肉还给牛羊,如一粒
沙留在沙滩上

你们是光的后代。吃的是光,吐的是光
以光创造光。说完,呼呼大睡
终有一天,风筝断线　它照样晃悠悠
独步于虚无

孔国桥作品：历史的面孔之黑暗中的舞蹈Ⅱ
凹版，70×50cm，2009

叶舟
诗歌（7首）

抄　经

在苍茫的纸上，
掩好寺门
扶住花草　喂饱鸣禽；
然后，一个人端坐世上
闻墨听茶
饮经酌史。

风吹时，用一颗心
镇住纸角；
一杆笔，来自
终身积攒的苍苔——
有的花白
有的皲裂
仿佛一场走失良久的泪水；
墨是另一种奇迹，乌鸦带来的
翅影与污点
需要用秘密的诵念
将黑夜褪尽。

偶尔，打开窗牖，
一匹枣红马引首向西；
人世灿烂
市声沸腾
——而弧形的天空，仿若一卷
刚刚录毕的《心经》。

指 证

最深的一段河流，就在那儿；
在那儿，一段
最深的黄河
带着高原的烈日、滚石和神仙
匹马走过
形单影只；
黄河最深的一段，埋伏着
心事、爱和脚印
像一个人从失败中
站起；
最深的黄河的一段，比历史
警觉，
比时间迅疾，
比天空深沉；
万物花开的季节，在那儿
鳞甲烁闪
波光潋滟
一段百转千回的最深的河流
破冰怒醒，收拾残局；
黄河，最深的一段，就在那里，
深埋尊严
默然前行；
拐弯时，黄河碰见了我，
一怔，
就把最深的一段，留在了那里。

菩萨低眉

低眉的一刹，惟有豹子敬谢不敏，
一吐为快，道出雪线以及山顶上的一切；

那时，寺门外有人澡雪，
用一生的热情，浣洗一叶白桦树封皮；

不是经书，乃是一碗灯，
羔羊用浑身的脂肪，喊破了黎明；

夜色沉积，如果恰好有婴儿啼哭，
这繁复的来历一定不能究问；

磨坊保存着一支谣曲，父女俩相依为命，
粮食是陈年的，命运也不外如此；

鸣禽和鱼，来自敦煌与阳关以西，
马背上的事情，仿佛闪电之下的根须；

差不多吧，当石窟静谧，世事浇漓
这露水的早上，挂着一件仙鹤的蓑衣；

三里外，停着一只石鼓，此刻谁还在空虚，
谁就看不见，那菩萨低眉的一刹——

天梯山石窟

我知道，这一切并非没有原因。

带着草木上山
露水的早晨，一角湖水中
麇集着豹群、鹰部落、大象、佛陀
与油灯；
这么久了，丝绸之路上
土匪剪径
坏消息不断

一个僧侣暂无音讯；
我真的知道，这一切并非
没有原因——
中午时，我在山顶晒经，
一阵狂风，
令天空失色，字迹隐匿，
即便石窟内供养着今生今世，
一幅壁画
也难以诉说庄严和秘密；
傍晚，我在山下驻足，
等一个人前来
朝贡，点香；
可银河灿烂，繁星奔走
一种怀腹的伤感，开始
半夜鸡叫
马不停蹄。

——这一切，并非没有原因。

姿 势

我知道，敦煌
还在那里
趺坐；
——像一口倔强的青铜之钟
敛声不语
冥想天下。

夜半时，她偷偷起身
将油灯喂进石窟，
仙女们过剩，而象群和虎豹

坐在课堂上
将佛的语录逐页背诵；
黎明前，一些湿润的壁画
会破土萌芽；
门前的绳子上，小风倾诉
一些透明的露珠
充满生死。

我知道，整个白天
母亲仍在那里
趺坐；
——她中风初愈，像一尊菩萨
心肠火热
化险为夷。

下山时，与一位红衣僧侣

诵经后，我和你
吹灭油灯
推门而出；
一刹那，碰上了今年的
头一场暴风雪。

其实，佛陀也坐在山顶，
扪心问天；
读着这一本比眼泪烫、比梅花绚烂的
毛边经书；
桑烟缭绕，好像几个披头散发
的观音
悲深愿重，骑在天上；
你开始劈柴，

身体内的野兽，摧枯拉朽
板斧挥舞；
——草原上的穷亲戚们饥寒难料
音讯阻绝；
我在剖开的一堆圆木中间，看见了
布施的火种。

是的！我这就走了，连夜
替你捎柴下山，
摸回人间
道声平安。

市郊列车

凌晨三点，这一趟列车
坏在了五泉山车站；
据说，一只逃出动物园的母猴
弄坏了红绿灯，
要么是一匹大象
将铁轨
连根拔起。

黝黑的站台上，车头
在含泪奏笛；
如果鱼群大规模地穿过了
闸口，
不知道有没有值班员，及时
落下荧光的横木？

其实，车厢内杳无一人，
门窗凋敝

电压不稳,
好像一伙人刚刚离席,椅子上
尚存屁股的余温;
早些年,列车搬运着工人阶级和农民
消灭差别
战天斗地;
如今,郊外已不是热门话题,
剩下一声嘶哑的汽笛
令人心悸。

只是,它出于惯性,
像一只悲哀的乌鸦,洗不白自己。

刘立杆
诗歌（4首）

雾 霾

天暗得像革命前夜。
人们拿衣领遮脸，在街上
匆匆走着，像阴郁的
刺客。我乘地铁回家。
有人在谈论托克维尔的
《旧制度与大革命》。
我不停咽着口水
以缓解嗓子眼的刺痛
仿佛整个渗入肺叶的冬天
在发炎，这有毒的生活。
是的，我不相信
任何通向断头台的狂欢
也不认为这世界可以
改造得更好。但如何解释
这刺痛，这沉默的
机制？未来堵在喉管里
像一口痰。我排队
等着通过检票口。
外面，凝滞的雾霾似乎
被随后到来的黑夜稀释了。

半完成的裸女

臂肘交叉，抱着微耸的肩膀，
似乎想绷紧她渐渐松懈的姿势。
她的下巴像搁进了食品柜，
带着少许犹疑和遗憾，突然
泄了气。一只沉重的乳房
被拢紧的胳膊挤了出来，如同
悬坠的夕阳沉入窗外的微茫。
它试图藏起自身，并宣布灵魂
不存在于任何表面。因为
生命庞大，很难找到相称之物；
即便存在，也必定是旧的，
羞愧的，像被耗损的激情之于
床单上的褶皱。那里，热烘烘的
屁股构成一个稳定的基座。
她半伸展的右腿，呈灰白色，
小山似的，壮阔如工作日早晨的
高铁站；她的左腿曲如肥鹅，
圆胖的脚踝在毯子下
拱起一颗镇纸用的大理石蛋。
她石蜡做的皮肤冷却在微凉的
空气里。她漠然的眼神
掠过观看者的头皮，仿佛
他们的发旋里，藏着同样的流逝
同样的变化，同样迷人的悖谬。
多，是悲哀的；那对美的
贪婪溢出她的身体，又像茶炉上
煮沸的水，因爱得炽烈而缩减。
而无论怎样，她乐意住在
这样的身体里，任性，活跃，
不甘于精确的完美，却比别的
任何想法更加诚实。这是她

又不是她；这是她的自我
分娩成两个：一个她表情漠然，
拘禁在戒惧的姿势里；
一个她屏息着，感到有股带刺的
呼喊想从反面猛戳自己的平静。
画室里，无数人来了又去，
那嗡嗡的瞥视穿透她，仿佛
来参观一个环形的、空无的剧场。
而她正在退入雾化的布景，
那里更妙，更幽密：那倚靠的
软垫，色泽黯淡的床架，
似乎比她更依赖永恒的阴影。
充沛、清澈的光透入窗户，
从画家颤动的手腕流过每寸肌肤，
并使她周身浸于毛茸茸的辉光。
凝视中，她是不动的飞矢，
视网膜上暂留的幻影，
在流光里，微妙，难以捕捉
——习惯跟画家缓慢的笔触作对。
他苦恼于她平常的身体胶片般
易于感光，又像泄露的甲烷，
使他的每次轻擦和刮蹭都伴有
危险的嘶响。现在他跳下升降机，
一柄放大镜在画布背面转出
一个魔怔的漩涡，当他纵身跃入
自身的倒影，那折磨人的距离
似乎被逼视放大了。现在怎么办，
假如她尚未成为自己就已经
感到不耐，假如她始终摇摆
在姿势和变化的阴影之间，
像一张照片没等冲印就已经变旧？
而他必须成为敏锐的调音师，
在钢丝上，调校最精确的平衡。

一厘米或两厘米，当他尝试调整
她额头那块突兀的高光，
从脖颈到胯骨，她的每块肌肉
跟着颤动起来，仿佛脊椎里
隐藏着一根抽绳。现在
他需要调制更多的阴影，需要
更持续的工作，直到画布还原
最初的空无，像波浪宁静地叠合，
归还一面镜子。而变化了的
光线依然纯净，充沛，像灵魂。

谈论死亡

谈论死亡就是谈论生活
就是谈论神秘、永恒，以及
谢幕时优雅的鞠躬。谈论死亡
就是谈论他人。然后是视而不见。
然后不再谈论。有时，我们
谈起某人，他死在漆黑的
游泳馆。然后重复死在电话
和讣告里。然后是继续飞来的
印刷信函，停尸间的苍蝇。
他卡在死和彻底死之间
像断在锁眼里的钥匙。然后是
抽泣，追思，本该啐进溢水槽的
唾沫。然后是遗像和落灰
氯气弥漫的周年。然后是一阵想要
遗忘的自语，像信风吹过空房间。
然后是一列驶向山谷的火车
带来的回声。他被一本书的附注
唤醒，然后继续他的旅程。现在
轮到这首诗，这页纸上短暂
停留的眼睛。他苦恼于自己的死

像医学院学生苦恼于无休止的
尸体解剖，或者瞌睡的夜班工人
每隔半小时要扳动的道岔。在那条
等着启锚的船上，疲惫，衰老
心神不宁，如同掌声和嗯哨里
不得不一次次返场的演员
他优雅的姿态已经僵硬。现在
就连第一排观众都能听见他
低低的叹息：放开我，让我走吧。

平江路

雨落在檐瓦上
在老城，儿时的街区。
从一间正在打烊的糕点铺敞开的
窗口，你嗅到了天井里的潮气

被褥暴晒后的松爽
以及铸铁门环上，淡淡的
锈味。冬天的河站在两堵驳岸间
带来轻微窒息感，像花粉过敏。

又仿佛一群猪吭哧着跑来
翻拱碎石路……唾液不由自主
涌到嘴边，以一颗龃齿
嘲讽的臭气。只有半空中的电线

杂乱如旧书上的折痕
还在耐心读着世界：消瘦的
垂柳，围墙缺口探出头的儿童滑梯
以及无人的庭院里

等着髹漆的柱子。

事实上，每样不起眼的事物
都在雨丝上滑行，如同绸布店
夹着收据的铁夹

梭子般唰唰飞过头顶。
回忆就是那张丢弃的旧棕绷
松垂着，表示过去在上面
睡过的人的重量。

或者，像祖父摆弄的座钟
老掉牙的指针带着难言的眷恋
每天停在不同的刻度。
这是熬糖稀的时间，一把长柄勺

缓缓搅着变稠的香气
小火苗热烘烘的，舔个不停。
这是洗濯的时间：一只晃荡的
吊桶下到午夜的水井

并把满桶清凉的月光
倾倒在走了一天、疲累发胀的
双脚上。转暗的白炽灯下
死去的祖父还在摇晃那钟

指望停下的指针
重新走起来——支棱着耳朵
静听机芯里微不可闻的嚓嚓声
仿佛还有什么

像无遮的雨，看不见
却始终走在隐秘的弧上。这是
一个人回家的时间：
他扶着门，倒掉鞋里的一粒沙。

桑克
诗歌（7首）

英 雄

只是一条命而已
给风吧
给雨吧
给那些更多的活人吧

什么都可以放下的
就看值不值了
就看风雨怎么看了
怎么看这样的牺牲

怎么看都是无所谓的
为一个国度
为山水的美色
为这泪水

为这泪城
为这人类的英雄
只是一条命而已
只是一个渺小的个人而已

只要一个机会
就既往不咎了
只要一个沉默

就天地变色了

借你的名祷告的
借你的血生还的
从那门里出来的
是颤栗的忧愁

是从爱而来的
我劝自己还是隐忍吧
在寥寥数语中
在沉沉黄昏中

旅 行

我不喜欢旅行，
虽然去过不少地方，并且表现得兴致勃勃，
竖着拇指赞叹。

我是客气，
我是虚伪，
我是因为在一瞥之间发现的那些新玩意儿，

那些其实化着浓妆企图迷惑我的旧玩意儿。
这就是真相，
这就是无聊。

一个糟糕的旅伴比一块肮脏的风景更可怕，
还有听起来舒服浇起来痛苦的秋雨，
秋天的胆结石。
只剩下疼了。
只剩下没完没了的人群，
没一个值得体贴。

知 命

我接受冬天
作为我生活的主要季节。
六个月不算多，
只是珀尔塞福涅的蜜月。

边缘化的生活，
我只能接受了。
没有无奈的意思，
只是为了治疗高原反应。

我并没有自负地
把这个外省命名为个人的首都，
也不会去指责一个远人
为什么不深深地怀念我。

可笑与可悲
都是一枚硬币的一个侧面。
讲究的不过是
谁是花谁是字。

恰如其分地
拥抱孤独的白菜，
而不是夸张地把它当成一个
虚拟的女优。

在中文里
而不可能是在英文里，
而且是在中文方言里，
获得狭窄的自由。

越来越不愿出门，

越来越不愿见人。
天气冷是一个借口，
懒惰是另一个借口。

真正的理由
是铁锤先生赋予的，
是为反抗冷而起义的潮气。
多数人的计划往往落空。

爱冰只是说说而已。
无论范冰冰李冰冰沈雁冰……
嗜雪可能是真的，
因为它与血同音。

老鹰爱我们

老鹰在我们的国度之上飞
老鹰在我们的怯懦之上飞
老鹰盘旋而下
老鹰劫掠我们的心
剩余——把它翻译成现代汉语吧——
剩余滚蛋和要求。
前者是和忍无可忍的敌人在一起时说的
后者是和忍无可忍的欲望在一起时说的
老鹰在滚蛋和要求之上飞
老鹰盘旋而下
老鹰劫掠土壤和雨
剩余——把它翻译成现代汉语吧——
剩余残缺的个人
剩余转折的搪塞
老鹰你能不能把剩余的剩余也都劫走呢
什么也不要剩余了
尤其不能放过空虚

暗 地

这箭射出去就能看见肮脏的血

而黑暗早就结束了
早就葬在我的心里

但我却不知道
只因我已失去记忆

我仍与黑暗斗争
我仍与黑暗辩论

谁是谁非
谁粉谁绿

一场雪又一场雪
一场雨又一场雨

这箭射出去就能看见肮脏的血

肮脏的雪
肮脏的雪

我反复辨认作者的笔记
我反复辨认作者的笔迹

鲫鱼的墨水
鲨鱼的酒液

从阔叶林的表面显影
从针叶林的侧面现形

直到某一天我在镜子里认识了
黑暗本人

那些连猪也看不到的世界

那些连猪也看不到的世界
我也看不到
我们也看不到
一头傲慢的猪冲着人群严肃地低哼

把你的人生
更多的隐秘的细节
公布于众
如同公布饲料的配方和名称

下层的猪吻
在猪眼中是那么伤感
如同一次寒冬的旅行
在寂静的雪坡下

是那些连猪
也想象不到的世界
严肃的审判的世界
法槌只举不落

冷眼旁观的猪
投水解脱
是出于对我们的厌倦
而非厌恶

是出于对我们的厌恶
而非地铁的艳情幻想
起义
反复怀疑你的誓言

怀疑你的病症和药
怀疑你们的毛皮
只是伪装的毛衣

品牌的纸签还未剪掉

崭新的谣
也在传唱
用高于猪哼的高音
用低于猪哼的阴谋

那些连你们也看不到的世界
猪能看到
羊能看到
一个傲慢的人冲着猪群严肃地低哼

远 近

你看不到更远的地方，
雪地，乡村，灰蒙蒙的山林。

你看不到更近的地方，
血管，血，忙碌与慵懒的细菌。

听说远处有神秘的人物，
听说近处有复杂的灵魂。

你的病不会因为药物而变轻，
你的命不会因为会议而变疯。

诱惑太多了，
冷漠加强了。

地铁的速度还是赶不上想象的速度，
风景的崩溃仍旧超过了堤坝的崩溃。

远处是寒冷的生活，
近处是火热的沼泽。

湖北青蛙
诗歌（4首）

听众，秋天与国家

蓝天白云

人死了，埋于地下。人活着
抬头望：蓝天白云
仿佛自己的骨头无斤两，世上的事
都不是我干的

江汉平原上的那个村庄

那天一时蔚蓝，平原上只有如黛的远树
烟霞灿烂。父母住的屋子多么平淡
渐渐乌黑一团。
群星涌现，看不见的人托着月亮这个银盘慢慢在天上
　　走动。

城市玻璃

种地的农民没有饭吃，后来他背着蛇皮袋
到来城市。好心的老板让他升到空中
往下擦玻璃。
玻璃上慢慢走过故乡的白云。

与上海问路的农民兄弟谈此去的家乡

家在安徽安庆。那一带的远山种豆箕。
沟湾水稻十月如黄金。
海子的家乡，秋风吹满了山冈
三千里外，我的爹娘，过着我所知道的越来越少的光阴。

曾经的打工仔曾东升

一方水土养一方人。那个被搅拌机
搅去一条腿的东升，从深圳回到曾岭村。
独立人间的日子，草木含秋
房屋颓圮，心间有话有如一口铁锅煮着几颗红薯，与玉米。

在哪儿找家乡

一想起家乡，我就犯愁：我的那个家乡回不去了。
我像个骗子一样，跟人说起我家乡的美丽。
河水洋洋，北流活活
我跟人说起一个骗子骑电驴西去，湮没于一片晚霞当中。

复制一个自己

棉花麦子水稻油菜，从田野消失又回来
贫穷的父母
养着一个玩弹弓的泥孩子。鸟雀们从树梢上消失
又从头顶上回来：破裆裤，福娃头，吵着上学流着鼻涕。

在宋朝

我手中，有一苏轼朋友佛印摸过的石头
流年不利，东藏西掖，以致最终出售。
越明年，得范仲淹登岳阳楼旧官靴一双，小，破，不能穿着
小红认为我时序颠倒，但尚能认得出这是在有天子的宋朝。

冤 家

许多年，我一直单调地转着。即使身上挂满了嘴
也闭而不言。我的死对头
腰佩驳壳枪，我的狐朋狗友骑自行车，穿过派出所
我与我的冤家，再没因路窄而聚首

黄鹤楼

诗人们互相认识，李白认识崔颢
杜甫认识李白。
稼轩也听说放翁来过：怅望楚天，江流，各自远走
谋生艰难，谁写着几个字，谁一个人呆在瓜州。

疑神疑鬼

祖父母死后，没有了身体，只有浮出身体的魂魄。
魂魄无所皈依，像身体的阴影，飘在脑海。
你在东窗下苦读圣贤书，听见后门吱呀吱呀响。你出门察看：
阳光猛烈，院中的槐树带着阴凉的寂静，周围并无书中的半条
　人影。

小说中的开头

春娥与一松分头而睡。他们很久没有做过了。小说中开头是这样：
月光把他们汇合在床上，又在早晨把他们分开
两具平淡的肉体
仿佛不发光，也不发热。

说个故事

旅途寂寞，一个人进入村店，在茶庄喝茶
又于凉亭打尖。
日暮行至酒肆无人陪他闹酒，杀鸡给猴看。只见一串红灯笼
突然升向空中……什么事也没有，酒保也不知死哪去了。

恋 爱

跟小麻雀恋爱，我喜欢她一整天在公园树桠上叽叽喳喳，不嫌弃我
　穷得叮当响
跟我有说不完的话。
跟橱窗中的外国美女恋爱，因为她姿态高雅，不疑虑我的暂住身份
也不打探我在上海深圳从事的活计，挣多少人民币。

国 家

我好像是一个国家。国家天气不好，深夜里弄翻了被子
天空像床破棉絮。解放军扶着枪，坐在雨中写日记：
一辆坦克陷于月光之中。今夜我不是美国
西班牙，而是夜色中的伊拉克

在兴福寺
——与风的使者、小雅闲游并坐至兴福寺黄昏

枫香树稳坐在寺院里
有一句没有句地落着叶子

空心潭早已被开元进士看过
秋风在水上写草书

碑文上，如何辨识来去无踪的米芾
移步至池边，对睡意绵绵的白莲指指点点

浮身而出的小乌龟，也有千岁忧吧
得道的高僧睡在竹林，皆已解脱

我身上还有令人厌恶的欲望
我身上，还有盛年不再的伪装

此生毫无意义，偏爱南方庭院，小径
此生偶有奇遇，穿过不同命名的门楣

岁月望远，虞山十里南北两坡各有数百著名坟茔
落木萧萧，使长此以往的天空缓慢看见乌黑的鸟类

两三点雨，落得有甚纪念之意？
黄昏把我们放在它味道越来越浓毋须照料的笼子里

从九月一直到十一月

从九月一直到十一月，虞山停止了生长
江南一带的水稻，还没有收割。

对照天空下的众多运河无所作为，对望夕光
收起最后的余辉，仿佛一生
皆已浪费。

孤独但不可猛发抱怨，不可怒斥平地边缘
游荡出一批妩媚的小山——从湖泊中
看到倾斜的家园。

彷徨而故乡无所依据。树枝上
挂着掉下去的月亮。是骡子是马其生殖器
无所谓好坏，和通心粉混在一起。

村妇理当以浓酒敬献长寿而糊涂的父亲
回归田亩，理应对转基因作物和文化
建立医疗队。

难以说清黎明的天空渐渐灰白，村夫
像木头一样站立，脸上由镀铜
到镀锌。

在这片土地上，微风再次进入那危在旦夕的草丛
会一遍遍追寻过去的黄金岁月，好像其间有
迷路的母猪。

在郑燮故居吹春风

五十二岁了，诗句中还有鸟语花香
伟大的春天高于国家政治
院子里，飞着自作主张的柳絮。
尝试给弟弟写信：我家的穷亲戚
每户周济……几两春风
家中后廷，需挖个水塘，堆些石头。

长脚胡蜂掠过身子光滑的紫薇
——此刻没有正事，思想在无垠的宇宙闲逛
不觉给我的治所，添了两笔竹枝。

我所见的竹枝，在空中有所晃动
去年的花钵无意间长出三叶破铜钱
紧挨着它，旁边通泉草开出细小的花序。

中国的土地，总是生长自己并不需要的东西
然后有人发现它的价值。
阳光对阴影，闲暇对忙碌进行无用的医治。

软对硬，轻对重，短暂对永恒进行轻微止痛
我对我签字画押。
水中，会生出越来越多的荇菜。

池凌云
诗歌（6首）

一朵焰的艰难

羊在水晶里闪光，不离开，这多么重要。
它在里面轻轻举起一只前蹄，
常年如此。一朵焰
从不曳着一缕轻烟。没有裂缝。
我确信，一只羊住在水晶之中。
天空每分钟都在变暗，
我没有感到惋惜。一朵焰
游动时带着轻轻的蹄音
越过无名的废墟，越过
秘密的尖叫。到处都是废墟。
被一朵焰折磨的废墟。
但一只羊住在水晶里，
它的胸中没有一点杂物。
它的呼吸怎么样，没有人知道。
一朵焰，允许了衰老。
间接的爱。

手 珠

每一颗都是望向虚空的目光凝结
漆黑，明净，给未成熟的仙境
以圆润的果实。教我满怀柔情
以一种我还未学会的爱。
我不再惊讶于它能改变血液
像种子一样生长。我相信

一颗碎成两瓣的珠子能愈合。
如不能依靠它，我最终也能独自完成。

未写之诗

一首未写之诗让我愈加孤独
我独处，是为了与它在一起。

我还未开口，就为它哑默：
一种死亡，需要一具躯体
来完成。一种易逝的爱
需要持久的伤害来照亮。

我摩挲留下的事物
伴一根金黄的稻草起舞
替它衰败，却从不曾
真正得到它。

六号诊室

疾病改变了她的听力，
平和中略带卑怯的目光
似在回望一枝卷起叶边的荷。
她致命的温存！淡淡的粉色
独自旅行。无人能阻止她
抛弃周围的人。她紧挨着我

我们交换拘谨的低语。誓愿
遥远。少量水，被分散存放，
难以察觉的幽香
从她身上走下来，

耳鸣的回声,遮住
各种神秘的嚎叫。

而她停滞在某一件事上,
她说:有很多人闪过
她没有拉住一个。不是在做梦
那些人不停闪过,然后是
布自己晃动。布像疯了
一样,来回晃动……

没有答案,所有事
都是这样。她低头微笑
不再重述她受到了怎样的耻辱。无非
如此。无非是失去记忆,慢慢增多的
躯体的损伤。她愿意赤裸出走。
一会儿,她抛下我与所有人。
她真的这样做了。

贝 壳

潮汛又去了另一处海岸
掩埋新的被遗弃之物。
水在坚硬的事物中反抗
验证内心的自由。
少量沙挣扎着
穿行于链索和失忆的脸。

树木和铁在合成云朵。
依赖于腹中那一阵隐痛,离别
得以延长。每一次
当一阵新的击打来临,

只有贝壳像一张张说着"不"的嘴
但并没有说出更多。

风控制着树

就像风控制着树，苦涩
控制着嘴唇。什么时候
令我们惊奇的光，已变成刺梗
堵在喉咙：我的朋友，难道我们
不该做狭窄空间中的少数人？
即使夜遮住了双眼
不该抬头寻找一颗星？

言辞像青梅，展示自身的甜蜜
或苦涩，都该受到真实的限制。
为了那盏灯，我们都曾彻夜不眠
但此刻，我感到悲哀——未到
午夜，一切都暗了下来
人们早已认不出自己，还要比比
谁变黑的办法更多。

"即使在最黑暗的时代，
我们也有权去期待一种启明……"
汉娜.阿伦特——在这里
他的名字多么不合时宜，晚风
多么不合时宜。摇摆的树
像平时一样，藏起万能的钥匙
我们哪儿也去不了。
即使写下挣扎之诗
也只是多了一个软弱的随从

——而你没有挣扎。

唐不遇
诗歌（1组）

死亡十九首

一、骨 笛

我发明了一种乐器，它将代替我
去召唤灵魂。
它将让令人恐惧的事情变得美好。

在这堆新鲜的骨头中，
我仔细挑选出一根，
在变得缓慢的溪水中洗净，
把肉剔刮干净，
锯掉骨节，除去骨髓，
再均匀地钻上七个小孔。
我端详着它。放到嘴唇边试试。

一种从未被听见的声音
好像被放大的呼吸声
令大地失神了片刻，
让别的骨头颤抖地发出磷光。
一根绳索趁机挣脱自己，逃向天空。
而我走进一片乐于死去的树林。
也许，我可以当一个隐士，
带着我的咒语和酒杯。

我把笛子放在一块石头上，
让风继续吹奏。
我凭声音就知道

它越来越光滑，通透，
从孤独的内部就可以诞生光：
夜色中，那些笛孔就像七颗星星，
猫头鹰在树上紧紧地
盯着它们，再也无法入睡。

二、黑 夜

太阳在一切事物身上涂抹黑色
从而创造了黑夜。
一只手捏着我童年的黑脸蛋。现在
黑夜像一个老处女，丰富而荒凉。
我最不喜欢的时刻：
听见灯芯聒噪，
而火越来越暗。我们睡着了。

三、月 亮

我们围着火和灰烬，
影子在地上起舞。

那随时破灭的月亮
像一只气泡飘飞。

黑暗中，死亡嗡嗡叫着
叮了我们一口。

我们的皮肤隆起
一块红色的小墓碑。

在人世，每增加一盏灯
都使黑暗更痛苦。

四、野 花

我们三人坐在那里，
一座孤零零的乡村小学

废弃的岩石上，
松树遮住了天空。

那黑色的皮肤沉睡着，
一只眼睛在荒野上——
蟋蟀的叫声
覆盖着浓密的毛发。

远处，一块墓碑歪斜着耳朵。
我轻轻走出松树的阴影，
来到墓碑前。
你们在背后喊我。

一行诗。
一个被刻得如此之深的
名字，这个名字正被呼喊。

五、记 忆

一只鸟挥舞尖利的凿子
在石头上铭刻你，
但你感到如此空虚。
你用仅剩的三根骨头敲打着
记忆呼唤你的声音——

你的名字不断迸溅出碎片。
你的目光比天空更滑溜，
落日没有站稳，张开黑色的翅膀
平衡身体。

六、骨 头

黄昏的鞋子东一只西一只，
被脱在黑夜的床前。
门虚掩着，轻轻一推就开了，
一对回到寂寞位置的

舞伴：
青草从他们的脚印长出，
一群自由地
保持着优美舞姿的青筋。
从泥土中可以听见
蚯蚓那断成两截的音乐——
嘘，别惊动他们。钥匙躺在草丛里
被狗舔得干干净净
——晚上，它能凭借磷光
找到那黑暗的锁孔。

七、谜 语

在书籍的第一页。在报纸的第 28 版。
在一个老朋友的信中，
通常在结尾。
在我拜访过的一堵墙上。
在波浪的顶点，
在火焰的尽头。在陌生人的口中——

有人把它凿刻在石头上，
刻得很深，比做过的梦还深。
有人在黑夜野蛮的脸上描画它，
像是原始部落的涂鸦。

在肉体腐烂后，我们的骨头
也会显露出来——
不是一个警句
而像给生者猜的谜语：
也许，他们会把我们挂在绳子上，
玩起一个游戏，猜中有奖。

八、辨 认

鸟辨认着墓碑上的字迹
把它们唱出来，

而不是说出来。
野草辨认着荒无人迹的路
向天边低低飞去。
蟒蛇般的黑藤
穿过岩石，在坟上游走。
它认出了你，
变成一把藤椅，邀请你坐下。

九、拐 杖

你醒来，试图重新理解这个世界。
你的拐杖倚在门口，

它在和门说话。
但门紧闭着眼睛，沉默着。

只有阳光搀扶着它
以熟悉的姿势向你走来，

并把一朵花
别在你身上。

十、火 焰

我在一个冰冷的城市
怀念闹鬼的乡村。
我亲吻大片迷途的蝴蝶兰，
跃过一片玉米地

拜访诡秘的火焰：灵魂
从潮湿大地的那一头
揭开被子，安睡的身体
蜷缩成一个种子。

我和死者交换世界
像一朵花回到幽暗的茎中，
他们永远不会复活，

但会热烈地拥抱我，
用另一种语言
向我飘飞的血液致敬。

十一、蒲公英

这个世界飞了起来，
一个漂泊的先知
张开嘴巴，向我们预言
每一个人的命运。

时间的手开始降落
在某个地方，一座空房子，
在那里泥土颤抖着，
风的道路在复活：

你是蒲松龄的女儿
打着一盏鬼灯笼——
一只萤火虫在空中飞舞，
带着毛绒绒的火焰。

十二、树　洞

你对世界的垂直感受
使你看起来孤独，粗糙。
你在活着时更适合成为棺材
而不是被砍倒。

因此，那些年老的树
打开自己的身体，
掏空自己的年轮，
等待人们活着走进它们——

每个人都带着痛苦和欢乐
就像有人把头探进
你空荡荡的心，大声喊出秘密。

甚至让斧头也在体内
度过漫长的弥留时光，
直到斧柄和锋芒一起腐烂。

十三、梯 子

在一次流星引起的矿难中，
上帝的脸
沉睡成漆黑的矿石。

每天早晨，他的天使们，
预言般闪烁的火光
穿透地面的花瓣呈现。

踩着肋骨制成的梯子
晃晃荡荡，爬下地窖，
取一个潮湿、寒冷的灵魂
诱他开口说话。

那是一个反复挖掘的矿井，
深得已经丧失一切。
蛇并未盗取火种，
而是满载黑暗离去。

十四、蝙 蝠

穿着长袍，俯看灯光斑驳的大地，
我黑夜的版图四分五裂。

你是一种孤独的动物
啃咬人类的指甲，
伸出吸附着无数河流的手掌。

你指给我们的道路，
至今从未有人走过。

十五、高速公路

在你的额头上，有一块胎记
和几条深深的辙迹，
黎明时灌满黑夜的熔渣
直滴入脑颅
形成幽暗的隧道。

太阳，一个穿红色毛衣
搭便车的美丽女孩，
点燃了你眼睛里的灰烬。
从一座收费站到另一座收费站
没有人中途离开。

你的身体是一条高速公路
发生过很多事故，
所有灵魂都像救护车
呼啸着急速驶向目的地
即使经过一片坟墓。

十六、底 片

有人把一只相机遗落在墓地里，
一位死者站起来，举起它
（骨头咔嚓作响，磷火像是闪光灯）
对着善于遗忘的黑夜按下快门，
并把底片丢进河里。

在这条无尽的河上，
月光像是一次长久的曝光。
一捆可以重复利用的胶卷
如今再次空白。

死亡是独一无二的摄影师
举着生活的镜头对我拍照。
我也曾是一张清晰的脸
对着他的镜头微笑——

若干年后，我发黄，模糊，
看不清世界，而梦却渗入底片。

十七、被名字驱赶的人

你躺在地上，被你的名字所驱赶，
泥土从你的身体上升——
静静的星空下，你躺着
眼睛透过另一只眼睛观看世界
像万花筒。

你听见一截枯枝啪的一声：
一个快速飞行的声音
绊倒在树枝上。
寂静太饥饿了，穿过
你张开的嘴，用枯萎的舌头
不断舔舐空气，
直到坚硬的气味
变成牙齿，啃咬着你的膝盖。

逃离墓穴的惟一方法
就是化作一株植物
穿过绿色的铁丝网，在坟上生长。
然而，早有一个陌生的灵魂
在那里扎下根
用力攥紧蓬松的泥土
直到你的梦变得坚固无比。

十八、挽　歌

每年的这个时候，
有人来看望你——

草的笔迹潦草，
一篇生来为了被烧掉的
悼词。

岩石上的花开得很慢，
仿佛永恒
就是一种慢。

十九、墓志铭

他请求抹掉墓碑上的名字，以便
新的名字飞下山去
亲吻一个女孩子的嘴。

王自亮
诗歌（6首）

木马沉思录

凡是坠落的都将列入必然
苹果、雨水与陨石
运命的箭簇，溃兵的心情
一切都是自由落体
把守城门的是凛冽的风
红雾、虎皮鹦鹉和树木
失败是一座空城，必须
弹好悠扬而镇定的曲子
快乐，时间的无船渡口
既然是风，就要吹红枝头的苹果
把尘土从乞丐身上拂去
不是每次坠落都必然发生
死亡给它以蔑视死亡的
勃勃生气；换个视角——
一切都已改观，落日如铜镜

潘 多

潘多说，"当我登上珠穆朗玛峰那一刻，
突然感到孤独与绝望，
因为我已无峰可攀。"
我想对潘多说，还有一座山头，
值得一攀，不过需要反复攀登，
才能到达顶峰。它在你体内。

我时常梦见斑斓的豹尸，
尤其是尖峰时刻，云雾缭绕，
潮湿的舌头舔着冰层，白光抽打四肢。
黑色小屋，藏在大脑或核桃
沟缝中，像一只凶猛的鹰，
不放过任何人，包括我和潘多。

倾听李斯特

有钢琴轻轻弹奏，轻轻
那是李斯特的《死之舞》，轻微的冥想
来自比萨的寺院墓地，那片"圣洁之野"
死神是一位老妇人，不露声色
把一群狩猎归途中的盛装男女
踩在脚下，而天使把得救者
运往天国，无法拯救的，投入烈焰

有人在彼岸响应，橄榄枝晃动
马捷帕！塔索！还有奥菲斯——
最伟大的诗人与音乐家，在吁请
发出无言的恳求，"爱人呵，轻轻弹奏
这个野蛮的世界是不会放过爱情的"
光的火钳，取走了花冠般的思念——

嘴角微张，听者乃顽石与小鸟

星空堪比心境，雪地难以言喻——
在不幸之日回忆欢乐，如何可能

四手联弹

黑白道路，伸入曙色。
微暗中，呼吸遇见呼吸。

手触碰手，亲切攀谈，
难以捉摸又令人感动。
一只手静候，另一只雀跃；
四手联弹，说出四个句子。

四只手围绕一支曲子，
就像鄂伦春猎人围坐篝火。
四只手，是两人的塔尔寺，
四目相对，互换舍利。

四只手，是动机和"亲在"，
是玫瑰复活，舞衣飞旋。

注视中的热烈与冰镇，
弹奏时失传的草原，马匹与情义。
热病的膝盖，在战栗中
失去自我、从容和鬓角。

四手联弹，就是神秘力量
引领巴赫、河湾与倾慕。

"我见不到你。""我在。"
"你在哪里？""我在这里。"
四只手弹奏曲子，而曲子
弹奏着手。"我心伤悲，如雾如雨"。

"有这样的夜晚就足够了。
凭这四手联弹的夜晚，我爱你。"

半夜看雪

一

林冲感到,"那雪下得正紧",
雪在这位十万禁军教头眼前一派焦虑。

"唯一可信赖的,是库拉卡克山上的雪"
水手施奈德这样写道,雪使他想起寒山。

"我们站在雪的昏黄里,
看月亮从云的缺口升起"。

罗斯洛斯,站在中国寺庙门槛上自语。
"那雪下得不能自持",我说。

二

"雪是什么时候开始下的?"
"雪从你睡着的时候就开始下了。"

"雪的形状怎样?本质呢?"
"雪是轻盈的六角形片状冰晶,它的本质是从容赴死。"

"雪与雪豹有什么关系?"
"围绕白象起舞,同样美丽而濒危。"

"在汉语中'雪'是怎么念的?"
"雪与血一样,都念'xue'"

"英语呢?"
"snow,就像雪橇滑过雪道时的声音。"

三

白的雪，黑的雪。
污秽的雪在反光中慷慨陈词。

柔软的雪，坚硬的雪。
通红肿胀的手指，疯狂的理性。

六月雪是沉默、怨言、反讽和变故。
正月雪是欢快、期待、叙述和戏谑。

北方的雪是酒的坡度，残酷主张，大赋。
南方的雪是出其不意，手势舞俑，比兴。

火山灰似的雪，
雪一样的忧郁。

四

我承认，今天我无视雪，
这个世界制造的雪败坏了雪的声誉。

真实的雪真好，那雪真好。
爱情是雪的一种，一种永不消融的雪。

没有由来的雪，狂暴而反季节的雪，
是另一种背叛，阳光灿烂而大海消沉。

有雪而无梦的日子，有梦而无雪的日子，
大雪下得荒腔走板，现实中不见一朵雪花。

大河赋
——致晓渡、韦锦、老桦

1
我将倾听黄河发出的声音，
我，具备谛听寂静的能力。

我站在黄河入海口，
于新土中寻找古意，野蛮的
生长的力量，盐碱地与刺桐；

远处是钻井平台和采油机，
传来喉管深处的吞咽声，惊起
黑背红胸的大雁，野凫掠过，
桅杆上的海鸟朝着我奋然飞来，

告知冰凌在三千里外开始成形，
而黄河依然奔流，军马场凝霜。

 2
黄河在剧烈甩尾，猛然摇晃。
是快感所致，还是痛苦造就？

我站在入海口最后一座大桥，
感到黄河已经松手；归海的局势
不可逆转，一种放射状的力，
是三角洲所需要的：平缓的自信

贯穿了一切，包括柽柳、白蜡树，
如荼的棉田，灌木丛，拱形堤岸，
直至一只消瘦的田鼠，在路旁逡巡。

……掏空河道泥沙，时间的

117

汤匙，灵活而有力；这段河床
就如丘陵的缩微，船夫的手掌。

3
正是黄河入海前的剧烈摆动，
催生了奇异的地名：大地凝聚，
复为犁铧、性事与斑鸠所分割。

大地破裂乃命名之始。我看见
路碑在疾驰：东营、黄骅、碣石山，
团泊洼、王庆坨、霸州、杨柳青。

我看见黄河的重浊贯穿众河，
在心里默数：闪电河、独流河，
眨眼河、徒骇河，直至河流击穿心脏。

群山是大地的命数，大平原是奇迹。
黄河冲刷的新土造成亘古的蛮荒，
一种可怕的宁静诞生，先于神祇。

李亚
诗歌（6首）

葬礼与婚礼

李猜猜参加了一个人的婚礼，
又参加了一个人的葬礼。
她把白色的领带换成黑色，
把嘴角的方向扳一扳，
只是似乎，
左边嘴角向上时，右边总是向下，
左边嘴角向下时，右边总是向上。

婚礼，
他们喝酒、跳舞、唱歌。
葬礼，
他们唱歌、喝酒、跳舞。
人们告诉李猜猜，
结婚的与被埋葬的是同一个人，
她听错了，
以为参加婚礼和葬礼的是同一拨人。
于是疯狂点头
大声喊叫，
　"是我！是我！"

礼 物

有人知道了死亡，有人听到了哭声，
我得到的消息是诞生，彩色的声音。
原来你对每个人的讲述都不同，
正如诗人的吟唱……

你得到了祝福，你收到了诅咒，
还有无法破解的谜语。
我能给你的只是一个名字，
以及昨天发生的回忆。

粗糙的手无法从沙粒中选出宝石，
失明的眼
却能分辨出蓝天中悬挂的星星，
它们和月亮在一起。

鲜血、文字和生锈的剑
留在了灯光闪烁的草原的边界，
被风磨平棱角的圆滑砖石在戈壁隆起
一座座纪念碑。

春天，出发的人

从马尔康到红原的路上，
太阳被涂黑
月亮也被涂黑，
只剩山的影子是白色。
老虎从铁笼中伸出眼睛，
疲惫的旅人抽着烟
抚摸不开花的石头和春天。
天鹅从南方起飞，

栽进诗人织给情人的罗网
和北方虚伪的棺材。

一颗生锈的钻石
嵌进橡胶轮胎，
喝醉酒的朋友把整只轮胎
送给最美的姑娘求婚，
像父亲那样庄重。
于是，
姑娘回赠他不发芽的种子和一片草原，
唯一变为城堡的草原，
风也不愿经过。

没有灵魂的人倒退着在路上奔跑，
影子说 回去吧，
回去！
最后一个善良的人，
走过这条路被倒悬在杜鹃盛开的花丛中。
我们谈论生长秘密的紫苜蓿
放慢脚步，
从这条路上经过。

所有的黑夜起舞

我是父亲最小的儿子，
他已老迈，无力陪我玩耍，看着我长大
教会我男人该有的样子
用沉默和匕首而不是恶毒去复仇。

我是母亲唯一的儿子，
她已懦弱，无心陪我闯祸，看着我长大
教会我男人该有的样子

用沉默和胸膛而不是嫉妒去爱。

我是神遗弃的儿子，
他已麻木，无愿为我祈祷，看着我长大
教会我男人该有的样子
用沉默和祷告而不是诅咒去活。

黑夜随着无声的节奏起舞，
一个、二个，
所有的黑夜起舞。
清晨并未如期待般到来，
我是低垂的死亡和祖先编纂出的厄运。

我带着最眷恋的爱人的画像赴约
共赴无人的约，共赴时间的约，
共赴黑夜的约。
所有的黑夜起舞
一个、二个，
我是生长着的怜悯和强盗刻在石板上的救赎。

总有融化成雨滴的雪片，雪片下的种子
即便我是个懦夫，
我的懦弱也真诚、柔软。
你不帮忙唱首歌吗？
就为了这懦弱，
所有的黑夜都会与我起舞
一个、二个、
三个……

想第三遍就变得可爱

你是一条河，
离入海口很远的时候你想的是什么？
总会到的，现在不用着急。
你肯定不会这么想。
你是一只候鸟，
离南方很近的时候你想的是什么？
总要到的，一年年都如此。
你肯定不会这么想。
你是一个人
离生活很浅的时候你想的是什么？
总会疼的，随时都会发生。
你肯定不会这么想。
嗨，其实根本就不是这样
入海口远或近你根本就不知道，
南方北方没有什么区别，至于生活
哪有深和浅的说法，
都是诗人和大人编出来骗孩子的。
没有自由，也没有什么救赎，
都是精神病人的痴语，
每件事情想两遍，就能发现真相，
用不着谁来告诉你。

我写这些只是因为又多想了一遍，
想第三遍的时候，真相和真理都已经走远了，
剩下的只是些走不快的石头和老人。
你说可爱不？

我的三百朵花儿丢了

我的三百朵玫瑰丢了，
只是少了一朵。
我坐在花园边的长椅想了一个下午，
谁会摘走我的花儿呢？
我走访每位邻居，拦住过路人
问他们是否曾见到一朵丢失的花儿，
可我想不起它究竟什么样，
只好告诉每个人，我的三百朵玫瑰丢了。
人们惊叹我有那么多花儿，
安慰我，只是一朵丢了，没关系。
然而，他们没有明白，我的三百朵玫瑰丢了。
谁也不知道，
花儿丢的时候我正在屋里给妻子打电话、煮咖啡，
如果他们知道真相，
一定会对我说，活该！

人人都不同情我。
晚上，我因为难过喝醉了，
睡在马厩里，草料中有残落的花瓣，
正是丢失的那朵，原来被马摘走了。
我向马儿鞠躬，睡回屋子里。
现在，
我有二百九十九朵花儿。

倪志娟
诗歌（7首）

我允许你
——致大学同学杨，她刚刚动完手术

我允许你暂时走进树荫
为了休息，或者逃离

马车的烟尘渐远
草地的虫鸣像露珠一样浮起

你抚摸一片青草
芳香的汁液就顺着你的指尖滴落

多么安静，这林中的生活
我允许你去飞

带着蒲公英的盲从
美丽娇小的花

微风中的痕迹，来了，又去了
我允许你突然消失

时间的空白
像一个新的花篮

我允许你念念不忘，一个女孩
在幽暗中，走上简易木梯

拧开台灯，功课
从一张老旧的木桌

铺陈到今天
明天

你有些微疲倦，然而，我允许你微笑
台灯的光，如千万缕钢针撒下

两地书

算计毫无用处
所有的词跟从偶然
在这一点折射，在那一点
向前，在下一点
也许溅出轨道之外
天知道，我说出的句子
如何到达你，当你听到它
你是否听到它的全部
词，为我们
传达意义
却无物替它接续两地
正如一种相思，在虚无中产生
亦在虚无中消亡

时间与自由意志

无数人
在这条河边漫步
最终归来
归于此刻，落在我们肩头
冬日辽阔的寂静

另一条河在心底缓缓地流
意识的刀片偶尔闪现——
超人的呐喊
"一间自己的屋子"里
孤独的沉思

伍尔芙的石头
早已放进我们每个人的口袋
它的倾诉如同大提琴：
这是你的，你的时间，你的自由意志
你的一和虚无

释　梦

那么多影子挣扎着要回到白天
回到它们原来之所
仿佛黑夜，只是一条黑色的披肩
或者溪水上
一小片云的阴影
轻轻一抖，就可抖掉

而白天已如此充实
每一根神经末梢
都是密道
每一条密道上
行走着悲伤的陌生人
他们的歌声探索着往昔
父亲的表情
在书页上哗哗作响
无法覆盖——

白天，是光闪烁其辞的时间

是闲聊、困倦、想入非非的时间
是做爱，无休止地做爱
是一些人和物
退到我们身后
变成一口深井的时间

你坚持对这一切给出解释
每一口井映射出变形、荒谬的面孔
像是反抗
又像是更深的沉沦

肝癌晚期病人

这几个月，我们习惯了
像一个罪人
看你，慢慢地走
形如枯槁
每一个手势都在挣脱

一扇门打开
又合拢。你的呻吟逐渐远去
病菌，继续催生
春天的花
丝幔一样的空气，在东，在西

你蜡黄的脸，在幽暗的房间
曾有智者的轮廓

木 工

动工之前，他看看门框，看看房东
再看看手中的材料

眼神迅速地画下一个圆
单纯的线条驱逐了其他事物

当他骑着电动车，回到租赁的小房间
孤零零的帘子
将夜色和整个城市的光
挡在窗外

如同往日，他听到野草生长
沙沙的脚步声由远及近
儿子和妻子
在千里之外的老屋对话

睡眠仿佛只是一种等待，一片叶子
在无尽的深谷中飘
晨曦以流水的形式涌来
带走他身上的木屑和暗生的铁锈

夜 影

雨水浸湿的路面
反射着微光
与路灯、橱窗以及高远的天空
连成一片
世界由此变成了一个整体
站在廊檐下，静静的
人影，如同一件黑色的棉风衣
如同一截微小的保险丝
回旋的北风
吹来一面镜子的冰凉与虚空

了小朱
诗歌（5首）

奇云记

> 如妖蛇吃着花（DAVid Gascoigne）
> 只可自怡悦，不堪持赠君（陶弘景）

走山逃海的时候，某一带
经常有个金色披挂的小仙
它有着猛虎般的力，为此
我不得不在一个柱顶盘旋

更多的情况下，我以为是
有个笨伯善于吞吐，你瞧
云气如群马奔突自山中来
危峦之间，戏于千岩万壑

不妨从飞机放出乌有之囊
尽括其中，或赠或贡或献
远处还有一个孤柱光压下
越发透明，之间那无奈桥

若隐若现，我们沿它靠近
仪表上的指针就震动不已
我想借翼翅的电刷对山民
敲骨，刺激他的流蜜之力

白天的时候,毛卷云密卷
云钩卷伪卷云碎层碎雨云
太阳光会射入其中,那么
广义上讲,光线会弯曲吗

会像一张盐巴的硬弓还是
一把记忆的镰刀,拿什么
来洗?是麦浪还是月光呢
有时候,云被洗得很洁净

反而看不清楚轮廓,它的
袅袅微丝像发散出的彗尾
当然也有断云如锯,夜晚
如有舛错或会擦过烈马的

鬃鬣如仙境,总有一伙会
把我们的艰难硬说是天堂
说摘得星辰满袖行,岂知
太空中一羽勾销一个时刻

流光记

时间光晕,从这屋里流过,
如人摘着花,如人嘴吹着,
不成音调,如在火前闲谈,
如妇人织衣,如小儿裁纸。
——A.S.Tessimond

暴雨渐强
聋人透过头骨听声,月光让道路
在夜晚清晰,盯向靠西的城墙

吹拂的窗与移动的草影在谐趣相处
写作屋和我更加矮小
旧木板潮湿而零星地泥泞
落钉子的迹象永恒如一条马尾
它带来外地的尘埃，和往常一样

我不停地遭受夜晚，潜虫要鸣起来
训斥自己的子女跪在水上
我如同一个醉汉的梦中圆滑的水生物
在黑夜再度发黑，那
土地之床上生活的思想
整日在天河奔跑，在枯树间回荡
旧岁的秋千铺了软软的棉被
母亲和姐姐挎着的柳篮
啊，具有人性的摇晃！

感情涌上来，小停，又被振翅的报雨鸟
卷走，燃灯之体，没有照亮
外面隐蔽的屋檐，把一只透明的杯子
放出去量雨，这近似缘木求鱼
除非整场降水都在东风中进行

而如果这晚能积起数十个水洼
就在我的必经之路，我需要拎着箱子
跨过去才能保护自己
裤腿扇出的波纹都十分土气
手里捏着的纸船
要转过身才能放下
载着一只树叶上飘来的蚂蚁
它刚刚从蛇腹下逃生，因
贪爱一股清凉，如今得寸进尺
在水上显番神通？

飞行颂

山岗迟钝，日出擦亮了地平线
磷就在唇上，还有异族人的盐

这些忧伤在炙烧着唇，青海湖
上升起的绵羊云，我想飞出去

触碰你的眉弓，落下去钻水里
吐墨的乌贼，你在不停地偷盗

包括我夜里的汗，还有夜本身
还有飞行器的瞌睡，你偷空气

让昆仑山如此稀薄，鸡蛋制导
美美地看它里面倾泻出太阳光

有张报纸正伸向我压缩的颈项
用柔软的边角切割脆弱的静脉

多么安静，多么无意，我指甲
有脏泥，中邪的菩提树枇杷树

都成株株药树，我眼球摇晃着
仿佛婴儿幼小的拳头，猛烈地

敲击着那一切无法命名的事物

现实诗，火把之叹

我的盲目，我获得消息的缓慢（胡安．赫尔曼）

处在医学的前沿，我被纸刺得厉害
我的梦怒气冲天，我喉咙里的铅重
挑出结晶的颂歌，我的瞎眼金丝鸟
把黑暗分成两半，那些补短的亲戚
靠向自己的影子，曾经的疼是棵草
曾经的光是一个，根深蒂固的夜晚

怀旧都已经耗完，帽子卸了仍在那
乡村文书栽上个，新的公用电话亭
装水果的手推车，没入水中的灯泡
不漏气的护墙尘，起皱的张贴涂有
蛮戏谑的金镶边，不满秋光的遭遇
断尖的钢笔照写，无恙的腌菜之歌

但我的念头跑了，拖着绿色的茎管
迅速沉入一支还在冒烟的枪膛
我的孩子用乳齿哭泣，用无形的理智
赞美一个祖国，还有件大事是
把苹果的汁水，要咬得沸腾起

良 夜

月亮的银情被呼啸声打岔
她越升越高，照耀迟迟的
客人，她们明显是在逞娇
百合衫打着百合褶，负冷。
祸水已经涌出两次，催促
着人们走过道去贴补时间

阿姊阿妹们，我有的是病
很快就钻入不漏光的云袋
无数的白棉花压着黑心棉
用青目光瞪刺一对乌狮子
下面的乡亲们正在烧碎煤
炙烤羊，这些温柔的动物
是在山间荒死的

我必须要告诉我的掌柜了
我有一副上好的膏肓
甚至连爱情也不能够侵入
烟圈的百兽姿，只能带来
一种疼和呛肺，悲哀尽管
用文火来炖，麻痛中飞过
大站，越过小站，也经过
元气浩浩的大都会，司机
锁住不透风的秘密让乘客
看不到一瞥刀光半蹄马迹

我们就要抵达家乡的小城
钢绳织脉络，铁塔作胫踝
那密布的电流，
那可以绕地的明线，可以
通天的暗线，还有以太中
箫鼓呀呀的电浪个个仿佛
赤霞纱里跳着的一炷冷笑
这丛山中的神工们驱使
雄浑的隧道，我要哈哈气
乘着折叠的纸飞机，擦着
人头攒动的火车站飞过要
找到一副铁肩的轨道先生
就会有一阵没遮拦的狂喜
他是我的弟弟，春运结束
我们该去抽引山野的新芽

金玮
诗歌（6首）

我死去

当我死去
我将不托身于火
我将托你把我扔进荒原
扔给野豌豆
和那些什么也看不见的月光

我躺在最初的风里
用唯一的姿势歌唱
一件尸体的愿望
在古老的黑暗里得到重视

甚至我发现
我留存于晚霞中的思想
仍然照亮那个最小的渔港
十个海鸥同时在海面上闪光

而且我的记忆像檀香一样弥漫于森林
古怪的鸫鸟，春天蹲在地上
当一些声音被需要
森林里升起幸福的烦恼

就这样我打算继续工作着
与其他事物的工作合在一起
我们一起关怀着宇宙的结构
我的死，实在是我生命之上巨大的窗子

门 铃

被众多的怀乡病用旧的月亮
仍然挂在今晚的天上
被众多的春天用旧的花园
仍然散发着春天的芳香
我被思念用旧的头颅
我被雪山用旧的心
我的阴影瀑布般地飞溅

庞大的空间塞住我的双耳
我在荒芜的土地上行走
白昼溢出了大地
未被保护的气候
抓住野树上腐烂的果实
当月亮像门铃一样响起
我需要看见我那些死去的朋友

他们随风而来，无孔不入
他们在我的血管里漂流
晚霞般照亮我的五脏六腑
我变得异常坚韧，不可摧毁
我等待在一堆火的后头
要把这满天的时光用掉一个缺口

我的朋友死了

我的朋友死了
我的名字留在他死去的大脑里
像他口袋里陪葬的手表。
我的朋友不再需要记忆
这样令他舒服些

就让小红枣长满山口的枣树
把秋天的全部色彩
从他死后的时光里显露出来

我的朋友早晨就死了
他死的姿势刚好匹配了一房子的空气
他仔仔细细的死。
中午，风停了
下午我一个人到山里打鸟
我把自己埋伏在人的形状里
像我朋友尸体的傀儡
但鸟的叫声晒透了我的衣服。
我不能打鸟了，我坐在一棵树下
想起我的朋友死了
他留给我的遗物是让我看着眼前的一切：
远方发白的河流
一场迫在眉睫的丰收
小红枣长满了山口的枣树
在离我的知觉不远的地方

我的朋友死了
对他而言，今天是个了不起的日子

灰　鸟

在潮湿的黎明里
新的一天公开在我的屋顶

新的———一只被修改过的鸟儿
独自飞向广阔的田野
迎着那些未曾确定的神秘和宁静

它自由地舒展双翼
像一阵窃窃私语
浇进清凉而宽敞的空气
听——春天的喉结在南方的果园里波动
一簇梨花从内部照亮了钟声
合起手掌的肥沃泥土
一直延绵到鸟儿的困倦中

直到它停下来休息
在我思想的温暖里整理羽毛
我才可以短暂地分担它的美丽：
这个精巧的造物

它像一个危险的夹子
等待我的想象触动

我已获得了力量

我已获得了力量,那岩石的坚硬是我的营养
那在岩石上摊开的清风是我的营养
那蓝天深处的太阳
大地的庄严是我的营养

你为我祈祷的双手如破碎的镜片
闪烁在池塘、花园和飞鸟中间
啊,这默祷者陈旧的身姿在大地上
多么无用,然而又多么虔诚

从荒芜的地方,甚至乱糟糟的果实里
我辉煌的心脏映红了低声倾诉的沟渠：

像山坡一样空荡的水面
它给干涩的树梢以摇动的勇气

这黑黝黝的倒影炸药般
将在对农田的依偎中被点燃吗？
点燃！当未来无法迈过我的大脑
当徘徊嘶鸣的风暴无法涌入狭窄的中午

而我已获得了力量，那力量赤裸着
仿佛阳光里炽热的风景
请你为我欢呼吧，不要祈祷
我的思想劈开了额头，像彩虹一样弯曲在云霄

倾　斜

你俯身于月亮上
看它里面人类落魄的故事
看它惊悸的光纵身跃进大地的草丛
让胆小的狐狸在阴影里观察
让另一个故事哭泣，在一片落叶旁。
你无法同月亮商量
它拒绝升起
你将一把银壶放在午夜的山顶
神秘的启示，从遥远的海面上
传来回响。从古老的森林里
梦放下神的架子
围绕一个个难以接近的果实
吐露痛苦的萤火

你懂得英雄巨大的结局
并倒插于大地

黄昏上涂着你三代人的哑语，蜂群
挤满你喷香的钟表内部。
你不愿做英雄，只愿单纯地活着
从下午起
向门口的菜地述说这一愿望。而路上的马车声
被可怜的乌鸦拾到树上做窝
那惬意的马车声，在寂静的大地上盛开
让你的记忆至今得不到休息
让黑鸟的爪子暴露在水中——
它愚蠢地睡着，以一只鸟的方式
以树枝的方式
在空中痛苦地倾斜

宋烈毅
诗歌（5首）

三十根火柴

阴雨绵绵，他写道：
这是三十根火柴的三月。

有人在白天开灯，有人喜欢
擦火柴，擦一根断一根

他继续写下去：陌生人乘火车
带着笨重的手提箱
里面的小号嘹亮

这是喑哑的三月。他写道：如果陌生人到来
给他准备向阳的房间，让他感受南方的阴雨绵绵

给他准备寝具，给他的房间挂上三月的遗像
给他剃须刀，以及镜中雪

这是三十根火柴一齐回潮的三月。
最后一根躺在盒子里，被小号点燃，然后自动熄灭

这是三十根火柴坐卧不宁的三月
最后，他不得不写道："对于一根火柴
长长的灰烬，坚硬是它的表象。"

追赶飓风的人

这个时代和我没关系。
我每个礼拜带着家人到郊外
旅行,到山上的悬崖边站立一次

在德克萨斯州,有人喜欢
开着车子追赶飓风,他们喜欢体验飓风
给他们带来的恐惧

以及喜欢在新年到来前
在房间里拼命扎着气球的中国年轻人

他们都和这个时代没关系。
这个时代适合一个人在泳池里游泳
在泳池里漂浮头颅和身体

我也和我生活的这个城市没关系
人群在街头狂欢时,我爬上阁楼
愤怒地撵飞那群已经没有野性的鸽子

人人都有一个漂亮的橱窗

人人都有一个漂亮的橱窗
每天走进去站一会儿

站一会儿,想一会儿
人人都有一个抽屉
拉出来,拉进去

做了多年的夫妻
他们互相知道各自的把手
藏在哪里

有时候，一家人，在客厅里
罩着各自的玻璃
幸福的时刻都很相似

坐一辆公交车，准备去大海

坐一辆公交车，准备去大海
或者：坐一辆公交车，兜一圈就回来
你怎么说都可以

这里正在下一场冻雨
你不要指望这里会下金币和银鱼

这里人太多
每个人都抱着购物袋
银行大厦高得像雪崩一样

公交车就是箱子
装人进来，装人
就像装一些被冻雨打湿的狗一样

内陆城市，你把座便器里的水拉响
你以为你的房间和江边的场景是通的

内陆城市，下水道多得像毛细血管一样
和一群人坐公交车到海边
互相用沙子堆埋。这种企图

难以实现。内陆城市，你一个人坐在家里想入非非
被马桶里的孔隙吸走倒是有可能的

一封信：见与不见

晒大白菜的季节
他在写信：见与不见

他写道：我这里到处都是卡车
每个人用脚踢着落叶
落叶如飞，倒不如折一只纸鸢
给你罢，有饭粒
倒省了胶水

他写道：我已有一日不梦见
水龙头滴水，恐怕你早已不在水龙头断了
的那个房间

他写道：过年与本命年
盲道与过山车

他写道：恨，锁我在电话亭里的人
恨一日不能当做一年
恨水龙头滴水成线

以及如此了了："你在外省，尚不知道这边进入了
晒大白菜的季节。"

第广龙
诗歌（8首）

高空下的大城

深夜，飞机飞到一座大城之上
万里高空，可见度清晰
我往下看，看到了一个方形的烤架
看到了被寒冬的炭火烤红的铁格子
灯火，车流，没有藏匿
全缩小了，失去了形体
微弱的气息，似乎在蒸发
似乎又在勾勒大地上的格局
感冒发烧一般的全息图，是外在的
却如同透视出来的，在拉开了距离后
汇聚的热量，统一了彼此的间隔

失 去

我能走多远，棺材那么远
还是襁褓那么远

风行一万里，水行一万里
依然，停在原处

看万川归海，又折回来

重新布满大地的脉管

众鸟的翅膀下，一阵风
又一阵风，都在往复

都变成了羽毛，落下
落向泥土，而向上生长

我老了，才进入婴儿期
才有了我的空，我的失去

就　像

就像海水在海湾跌宕，我的情感
也弯曲成银河的上游，要包括
你全部的星星，睡梦里
谁偷走了我的国家？让我挣脱一场大雨
就像突然停住，在失恋的剧场
满身是光，就像被光柱聚焦
我不再感叹命运的勺子，聚集了多少锈迹
能在泥泞的道路上压出车辙的
是我莽撞的青年时光，扑向了一扇窗
那模糊的影子，却把灼烫的心
悬挂在半空，如一颗热气球，在上升
这个夏天，我居无定所
我身份不明，我无所依靠
我为你，混乱了我的生活
和我的未来，我是愿意的
我的后悔还早，在多年以后

人是一阵风

风一吹，就过去了
留不下什么
哪怕活到一百岁
人还是自己的身外之物
不要怪风，人来世上
就是一场风，吹起来一些泥土
吹起来一些粮食
吹着吹着，吹起来的
是自己的骨灰

大马哈鱼

大马哈鱼逆流而上
身子慢慢变红

因为由海水进入淡水
吐出了身子里的盐，而变红

因为和水流的摩擦加大
而变红，还因为有一次次的凌空跳跃

向上，跳跃瀑布上的悬崖
肌肉的极度弯曲，挤压出来的红

在水流湍急的漩涡边，熊在等待美餐
惊吓，躲避，也在制造红

更是因为生殖，和生殖之后的死亡
加重了这样的红，是深红，暗红

为死而来，为生而来
冷血的红，沸腾了一河的流水

科学家说，大海里的大马哈鱼
肥沃了生长树木的泥土

一条河流，经过了一片森林
红色的树身，在早晚更红，是深红，暗红

一会儿天就亮了

黎明的冰块，还没有化开
你在沉睡，这是夜晚的尽头
最黑，略有弯曲
此刻，正适宜你梦见
我给你拉上，脱落的被子
你的脸上，不是星光
也不是泪滴，我坐着
如一块煤炭，把时间剩下
却不多余，一会儿天就亮了
你不会知道，我起来这么早
有什么原因，不知道我
在这短暂的相聚中，就是为了拉开距离
而不是依偎在一起，看你
而且，还不让你知道

一个企图自杀的人

迎着风，来到高处
似乎回到了生前
似乎看到了极光

一个懦弱的人
一个不起眼的人
把自己的肉体，悬空
如同一个醒目的口袋

似乎看到了大象和蚂蚁
看到了苹果和山楂
一次性地消耗着大地的养分

期待的观众，看着他
为他喝彩和担忧
似乎是自己在活和死之间挣扎
似乎是自己在死

看着这个人，纸糊的脸
已经不再喧哗
看着这个人，也是在替这个人死
而且，死因不明

这个人似乎需要这样的仪式
才可以把这次难度不大的跳跃
设计得如同一场意外

鸟 鸣

早晨，树林子里
响彻鸟儿的晨读声，有不认识的字吗

早晨的第一声鸟鸣，是早晨的
第一道光线

鸟声开锅，鸟声如沸
鸟声装了满满一大锅

春天的鸟鸣，先于春天
春天到来时，又往回拐了一个弯

鸟叫声好听，长得好看
能得到多吃虫子的待遇吗

电杆上，一只鸟独自鸣叫
飞走时，还是独自一只

喧哗的树冠里，漏出一只又一只鸟
喧哗的浓度，没有降低
边飞边叫的鸟，声音通常是急促的
速度收缩了鸟的喉咙

许多种类的鸟，聚集在同一个树林里
叫声不同，叫一声一块补丁

于贵锋
诗歌（5首）

今日无酒，但适合记事

大风，沙尘，降温，这异象将昨晚
分野：雪，和雪带来的黑。
今日，雪在松树枝，草坪，车顶，有点脏。
街道冻住了，人走在上面像是铁走在上面
响个不停。哦，今日，今日无酒，但适合
记事：去年此时，我一生中的一件大事
刚开了头，一片阴影始料未及
成了一部长篇的主角；那个躺在医院的人
签了字，接过自己给自己的
判决书；而这一动作
后来又重复一次，在另一时间，在另一个人。
我记得，我们的出场，带着鲜花和水果。
去年此时，我开始演出自己的角色
装傻，妥协，在妄想中翻过了积雪的时间
和山峦，在美酒中暂享了山窝里的阳光和寂静。
哦，今年，从寒风仍旧吹动的一个早晨开始
我加快了变成一条鱼的速度：步步惊心
步步有人将荆棘放进我的身体。扭动中
我看见真纯无辜但又高深莫测的一张张脸
在春风里荡漾，在空调下保持幸福的表情。
他们是写小说的人。他们决定着人物的命运。
他们决定着结局。
这中间，他们有过高潮，有过喜悦，而我没有。
我身体里塞满了他们从法则的山坡扯下来的刺。
这中间，像所有的主角那样，我几乎改变了故事的
方向，因为我改变了我。我变得气势汹汹。

我变得颓唐，坚硬，像一个知道自己死期的人。
这中间，小说一节节发表
读者议论纷纷，并参与了故事的进程。
这中间，加入和离开，如同生死。
这中间，我变成了鱼，有人变成了岸和水。
我们等待着喝彩，我们等待着钩子。
我们都等待秋后算账。
现在已是秋后，一场雪，在最后两页下了起来。
现在，恍然，明亮，世界如雪，雪，雪……

谢幕者

出场的赞词
还在撰写

疯狂的指挥
一声不吭

纬　度

思想被装上船运走
这翻开的波浪
多仁慈

活下来的箱子
是证物
也有幸存者惯有的不屑
和厌倦

这又过了多久
打开来

依然有一个国家阴暗的眼底

失踪的影像
在任何一个醒来的早晨
交叠和映照

有穿透时间的一股寒气
让一些年轻的向日葵
突然耷拉

一只北极熊会缓缓地
看它们一眼：要习惯
白雪的纬度

酒 吧

死了鸟的，拿喇叭的，演讲的，油印的
从死神的喉咙出逃后
聚在时间的酒吧，通宵讨论如下问题：
为什么活
为什么读书
为什么不苟且
为什么迷恋远方

第二次老板娘再也不给机会
这些说谎者
这些好色徒
这些贩夫走卒和
灵魂的出卖者

昨晚第三次经过
七月像朵蓝色的火焰在寒风中摇晃

醉汉勉强扶着自己的内心
像几个影子互相扶着，跌倒了
又挣扎着站起来
人有多少个二十年，多少个四十年啊
要经过多少次分离，疼痛才会
放回人质

阴阳界

白天，被自己宣扬的主义塞满了细节
夜晚，脸盆里把一颗黑乎乎的心搓洗

普遍会演戏
普遍会在恨与爱之间反复漂移

普遍宣称
通晓生死

东边日出西边雨，雨夹雪
天都知道
这多么符合逻辑，和传统：
阴阳脸，仕途即旅途，菊之庙堂

我再也无需关门
人间派出了父母、妻儿、朋友
大自然派出了河流、山峦、草木
天空派出了星辰、风声、寂静
单独或结伴，他们来劝慰：

疼痛不是哲学，人是时间的注
这两者必须分离，但不能分离

孔国桥作品：历史的面孔之黑暗中的舞蹈Ⅱ
凹版，70×50cm，2009

发现 Discovery

孔国桥作品：口述历史之多重时间
凹版，30×40cm，2004

南歌诗歌（12首）

南歌，本名黄俊剑，1989年生于浙江丽水。
现为湖南师范大学2010级研究生。

西湖记

到哪儿都是虚无的刺，咬住我
衣服和头发。哪一片雪是你发来的

短信？我正要回到一个影子里去
挖旧日的煤，头盖骨闪亮。

寒风固执地吹我，想把一个
吹成两个。更多的影子复印到雪中
嬉闹，相互取悦和排挤。从白堤
到苏堤，两只小船划动一个谜团。

在西湖边看一片茫然，像窗帘
拉紧秘密，我看不见更多。

摇落枝上的积雪，那棵小树轻松多了。
少女露出取景框中温柔的一面，

许多年后她将记起今日
过度的冷。天未暗，你就盘算着

如何原路折回。
而我们堆好的雪人站在雪中，

一动不动，
看上去比我们更勇敢。

读书记

进京的八股文简直有些长甚至有些软
国家正在施工，我们几乎滑倒

古人的舌尖藏着蜜，但嘴巴贴了封条
现在需要的是我们年轻一点儿的针尖

噢，与传统的野合就发生在纸上
和自己搏斗，灵与肉辩论出新意

下午已经汗流浃背。经典就是结在背部的
细盐，抽一份教条的糕点，一寸苦，一寸甜

背诵给我当圣人的信心，也给我当无赖的勇气。
我已经可以把影子临摹得像一个人；
我可以凭空造出一个正人君子，只要你需要。
我确信，汉字说出了古人部分的狡黠

玩笑被不小心当作真理，被颂扬，被镌刻。
名声这么久远，深入顽石三分；圣人已难以辟谣。

"教诲是危险的"，只有少部分人
深明此理：他们思考，但几乎不写作

只留微量笔记书于竹简
深夜把玩一番，清晨送入火炉。

屈子一席谈

我们今天的谈论，将被某只耳朵偷听。
也许十年，也许两千年，那尖尖的
附在纸面上的听力。一个时辰前，
我还是两株兰花的主人，我记得江边
郁结不散的香气。年轻时，
我也曾为一个国家的迟钝而愤怒，在夜晚
撰写过痛苦的标语。但现在，我只是
一个被政见反复修改的病句，从一首诗中
拆卸下来。不过，除了美酒，我又能抱怨什么呢？
我热爱的楚国，是另一个楚国，
与他们谈论的相异。甚至，我与大王
也从未在同一个语境里辩论。
太令人惊讶了，这一定是汉语出了问题。
不不，你别误会，我并不是在逃避什么。
山川草木早已在我胸中茂盛生长，吐纳云气，
在我有幸写下的诗中，已被我爱过无数遍。
现在，已经没有那么多的泪水要求我痛哭。
好了，天色正宜，请渡我到江心，
让我实践一会儿孤独主义。

观 雨

有多少只脚在跳。他们学习撞树，
撞墙，抓着头发撞自己的头。
也想撞我，但只撞到了一块透明玻璃。
那块骄傲的玻璃，挺了挺腰。
雨的小理想全碎了，他要等待下一次哨音。
现在，新的太阳要登场，把你们重新点亮
只需要十分钟，伸手就剥开一个新世界。
乌鸦变换着手法，站在彩虹之上，离神仙
很近。屋后的松林刚洗过一次冷水澡，
心中会泛起盛夏的甜意。还有不少
顽皮的水珠，像猿猴，在枝条上爬动，
把山坡踩成一串贝壳。从褐色枝干滑向针尖，
那双颤抖的手，紧紧抓着青春晚期。

等一列晚点火车

早一步，或者晚一步，钢铁呜呜的悲鸣
并没有使我成为另一个人。终将经过那里，
那串地名大概需要你，往你的眼眶填装
悲哀的念珠。一颗颗，沉默大于赞美。
我是说那些等待的人，或睡或醒，
尊严冲淡的口音，不知未来为何物。
"未来？"你麻利地让一个陷入暮年的
桔子，开口说话："我咬开过多少陵墓，
都是空的。你所说的未来，只是一个
不大不小的噩耗。"向右走，打开铁门，
瓜子壳、饮料瓶、桔皮……超度你，
你的座位上端坐着另一位旅客。

欲望之海

银币在街巷蹦跳、滚动,代替月亮
照耀他到黑暗尽头。像是来自天空的抚摸,
雨滴舔干净他的头发、脸颊和鼻子。
他心中的恶念和善念在云中交媾,
一半战胜了另一半,在合约上签署
一片发亮的海。水中不断抛出礁石、怜悯
抛出他的肉体,在岸边,湿漉漉的
欲望比皮肉更紧地包裹住他,
使他成形,保持最后崩毁的勇气。
他的爱紧锁着,潮湿的火柴划出伤痕
从海中打捞自己,除了懊悔
他捞起一个个别人。

蚂 蚁

一群蚂蚁,在门前的水泥地上
走过来,走过去,卖弄着六只脚的耐心。
他们的国家,伟大得找不到边界。
而天上,随时会掉下一块馅饼,多么意外
又多么惊喜。即使身上被砸出一个窟窿,
那也是幸福的疼,要把这道闪电
从兄弟传向姐妹,照亮所有活着的亲人。
他们抬着一只蜻蜓巨大的骨架,
像伊拉克人围着飞机残骸庆祝自己
短暂的胜利,在烈日下昂首挺胸。
这个月的丰收从墙角扛回去了,庞大的队伍
渐渐涌回黑暗的洞穴。只留下一只
蚂蚁中的康德,绕过草茎慢腾腾地踱步
除了粮食,他的脑袋里产生过伟大的野心
却不屑于诉诸文字。他只是爱惜
这片刻的孤独。这小身段,在地上刻下
一毫米的阴影,作为万物生长的尺度。

家 庭

我，变成了我们。
我们围着这只木桌吃饭，几个小菜，
升起一朵朵云。我们吃完了碗中的粮食，
不剩一颗米粒，也没有
多说一句话。父亲，我是饱含着爱
与孤独，来完成这套动作。你认为
我想着这些，而我想到的却是另外一些。
母亲对我说："在最亲近的人面前，你也是
一个木头人。"事实上，我说了这些，
想说的却是另一些。作为小语种的
缙云话，传到我这一代，早已锈迹斑斑。
我情愿我是那截木头，无知无识，
简单而果断，在火中解决自己。
最后留下乌黑的炭块，痛苦也好，
幸福也罢，埋在更多的灰中，
不奢求额外的理解。

祖 父

现在他熟透了。
一棵深秋的苹果树，在围拢的
儿孙中间，挑选牛顿。
他一生相信过政府、亲人
菩萨、基督，也相信向一株水稻
弯腰，是应得的命运。
疾病叮咬着他，整整五年。
最后与孤独和解了，像一只河蚌
饱含热泪。另一个隐秘的世界，
为他接通了水源。

离别赋

你抬头,那树桂花绾起的头发
湿漉漉的,这个世界刚刚哭过。
有些人想哭,但已找不到一滴泪水
枯井里塞满发白的石头。
而我们还没有完全熟透,
在枝头跳跃欲飞,风一吹
满身都是感激的泉眼。
甚至,我们就是泪水本身,晶莹剔透
从某个眼眶中轻轻滚落
在孤独的深处汇成一片小海。
眼睁睁地看着自己一分为二,
一半是水,一半是呼救的礁石。
太阳一出来,哭红的花瓣都枯萎了。
被泪水拥抱又放弃的人,说:
"我要保留哭的权利。"
毫无疑问,在这片海中,
我们是最咸涩的两滴,通过亲吻
提取对方体内的盐。

我们流失的激情

风的手势,在一张纸的最深处摸索雪片。
一块玻璃划江而治,世界和亲人
在对岸轻轻滑动,像不断瓜分的雨滴。

看见燃烧和熄灭,水重新成为水。
隔岸观火,静物画里的冬日
烤不暖伦理的体温。给石头注射一点激情吧
作为修辞,他的舌尖长出了青苔。

这一年,我们忍受炊烟扭曲的风景
从天空到地面,测量自己的限度

这些箔片，流出的液体多酸涩。

"篡改，可耻的偷窃"当我们准备
呼叫，嗓子早已从月份中流失。

暴雨印象

甩着鞭子，柔软的水学习驾驭兽性。
每年夏天，水中成群的老虎
在桥下搏斗，相互撕咬。
我在远处欣赏它们，但不敢靠近
——那种傲慢熬制的腥味。

父亲褪下虎皮，在屋子里挑选碟片
钹追赶着锣，男演员爱上了女演员
而他像雨中默默流泪的石头
很快就睡着了——这是他的休息日。

隔着玻璃，暴雨在芭蕉的掌心
蹦跳如启示。一只被伤害掏空的水瓮，
对天空敞开着。一边敞开，一边又拒绝

不必再向它灌输什么价值观了
无非是水，无非是喑哑的弹奏。

安吾诗歌（8首）

安吾，本名王剑强，1992年生于江西赣州，现就读于北京大学中文系。
曾获第八届"未名诗歌奖"、第三届"光华诗歌奖"。

少年游

这些年，我往内心装进了太多的
事物：北京西站、街头便利店、一夜情，
如此等等。父亲从远方寄来信件，

叮嘱我早日打入时代的内部、成长为
祖国的青年。哦，祖国啊祖国
给我一架梯子，让我攀在你的顶端打盹。

这些年，我无比膨胀的内心，还为
虚无的天空留下了一个角落。你难道以为
我还会相信，这座城市美丽的广场和标语？

他们是从天而降的、干枯的妇女和儿童；
他们和我一起，分享了历史的福尔马林味道。
我骑着新时代的自行车转悠，四处寻找

父亲寄来的咳嗽声。哦，父亲
你是我挥霍青春的唯一理由，如果
我能立马拥有大量的父亲，如果大量的父亲

此刻就站在我的背后，搓手、抽九十年代
的旱烟，我将把我此刻的、往昔的脸皮
全都撕下，覆盖在街头领袖们坚定的面孔上。

我足够勇敢，我再也无法忍受
在领袖的注视下升国旗、做广播体操，
我要做一个好少年，乘坐红领巾飞向未来。

而我曾有过的那束孩子的眼神，此刻
晾晒在中国人民大学与当代商城之间的
天桥上，正迎接伪证制造者们，茂盛的洗劫。

晨 起

昨夜的长指甲，抠伤了我棉被里的
年龄，身体悬挂在汗水中，失去了
后退的速度。从墙根溜出几只蜈蚣，
我看到它们，大摇大摆地穿过湿气、

厌食症、北京的痛苦，穿过散发出
阵阵酸味的生活。又是崭新的一天，
正如过去的很多天，我开始穿衣服、
穿拖鞋，把有关政治的梦折叠起来

扔到床底，然后在房间里来回走动

寻找自己醒着的尸体。这个清晨就
如同我的祖母，让我活得如此安稳、
软弱、不知羞耻，让我一低头就能

看到自己通体透明，内心蛛网遍布；
窗外，麻雀在树枝上抖动日常生活，
鸟鸣正熄灭祖国。我读过期的晚报，
吃早餐，两只鸡蛋顺着食道溜下去

就变成两粒睾丸，提醒着我继续
挥霍青春。我打嗝，把昨夜省下来
的饥饿释放出去，体内传来的回声
生锈了。真是遗憾，我没有去吃鱼，

也就没有一副被卡住的喉咙，因此
我还能够继续厌倦生活，继续接收
友人用短信发来的南方。吃过早餐，
我披上大衣出门，低头走路，随时

准备清扫身后的脚印；冷风吹起了
秀美的北京。我那曾经被爱击中的
鼻子，还没有来得及嗅到这个世界
的衰老，就被冻得坚硬，如同中国。

新的一代

送给你，渴望我完全垮掉的人。
——戈麦《誓言》

我二十岁 决定成为一个足够危险的人
背对领袖和父亲 大声咳嗽 这使我
一不小心 就走到了时代的反面 我穿上
从中国扔出的飞靴 把更多的党员 输送到

小康社会 他们 手捧洒满主义的鲜花
彻底忘记了 那些被年龄蒙住眼睛的人
到底 谁尖锐到轻如蚕丝的境地 谁背负
匆匆而至的漂泊感 谁去发现奇迹 和圈套
对这一切 大多数时候 我只好装作 无所谓
二十岁 我常在别人的故事里 伸懒腰
喝绿茶 然后 一次次错过 祖国的夜晚
一次次 来不及打捞 那些细小的人民
多么惬意 （幸好 人民 是一种可再生的
资源） 某项保护法 如是写道 而我为什么
最终 会从一大堆沙子中的一粒 流落为
某个父亲的结石 有没有一个母亲 会
为我流下悔恨的泪 我在耻辱的胆汁中
翻来覆去 持续到今天 我身上 这股
挥之不去的骚味 也是你们每个人 都有的
或者 终将有的 看 我始终装作一个
深谙世事的代表 不去窥视 祖国的姑娘们
弯腰掸去 高跟鞋面上的灰尘时 从衣领
吐出的 浅浅的秘密 我只是 向着一只狗
用力挥动 几被遗忘了的爪子 仿佛是
在另一个国家 是在另一个国家 我坐在
可供纪念的餐桌前 我二十岁 拿起了筷子

为不肯死去的诗人而作

别再和空心的身体对话，你难道以为
你还能在内心凿出一个北京，并在那里识字、绣花？

更多的时候，让一个女人来告诉你：
生活不过是大腿和乳房，你只需隐匿于人群，偶尔忧伤。

那些老不死的革命理想和大红内裤，
就悉数交给升旗台上，那个紧紧攥住红领巾的弟弟。

170

而你呢，赶紧停滞不前；你用一张诚实的脸
行骗多年，你吃下了太多的云。现在，如你所见，
云已日渐稀少。也许，你再也无法
在一场暴雨中擦亮身体，啊，世界因此变得黑暗——

祖国也成为身外之物。此刻，一只白鸽子
停在你的右肩，让你略微下沉，这景象显得如此

简单、但不干净；一只罕见的白鸽子，像
失去颜色的心灵史，把你的生活修剪得更短、更不合时宜。

今 天

"盛开着永不凋零"
——许巍

阳光弥散在时代的新居里。在这个
人影稀疏的清晨，孩子们一大早
就出门玩起了玻璃弹珠。
——这真是糟糕。那么，谁来关心
滚动的烦恼呢？要知道，这还是
一个刚刚进入青春期的大孩子，
他遇事急躁、四处寻找桥梁，他有
一个怎么也收不紧的胃。孩子们
三五成群，蹲在地上，释放出危险
的语言；清晨的火烧云喘着粗气，
也一朵接一朵，无故坠落。谁来关心
这些堆砌在岁月中的拥挤呢？
看看那一张张小小的脏脸，多像
心事重重、却又故作镇定的英明领袖；
一只狗懒懒地趴在家门口，晒太阳，
晒这个季节的幸福，它身体内的风暴
熄灭了。有些人看到了这一幕，依然
无动于衷、刷牙洗脸、一错再错，唯有

孩子们激情万丈，继续玩玻璃弹珠。
也许，他们不知疲倦、不知承受，
祖国不过是前行路上的一块土疙瘩，被
随意踢走，——他们，是为了走得更远？
玻璃弹珠强行拽住了灵魂，孩子们
走啊走，走成了大孩子，走成了大人，
走向了一个深不可测的地方；
他们的父亲，在时代的新居里，
做着同样内容的梦。"今天，正如
历史上的很多天，是被忽略的一天……"
这并不能说明什么：你辛苦工作、
为吃喝拉撒耗尽一生，我敲击键盘、
开掘一条条通往未来的隧道，他
沉默不言、总想在手臂纹上切·格瓦拉；
今天，在一面巨大的镜子面前，
人们各安天命，而孩子们出门去，
在光明大道，玩起了玻璃弹珠。
　"妈妈，今天不用再煮药了；你看，
在我被忽略的嘴里，傍晚早已过去。
今天，我没有哭，我不回家。"

北下关
　　——致 X

街道两旁刚种上整排的法桐，身体冰凉
我骑车去看你，春天就要来了。你潮湿的皮肤下，

将长出纯净、柔软的南方，真令人绝望啊
我拥有的仅是比生活更狭窄的翅膀，我从北四环来，

身上的外套是黑色的。我是一个擅长在街道上
急速拐弯的男孩子，我要去看你了，带着修剪齐整的

表情。我向右转，向左转，偶尔也迷路，也
向后转，我几乎要哭出声来，变得那么倔强和不安。
你也在此刻的天色下，美丽、轻盈；我想起去年
在我的面前，你很是沉默，你才十九岁，让我忍不住

闭上了眼睛。我晦暗的、被转手多次的灵魂
仿佛终于离我而去，我看着你的手，你的大拇指、食指、

中指、无名指、小指。但现在，我却还没鼓起
勇气，回头去看那堵日益坚固的墙，阳光迅速迫近我。

未名湖

这样宁静地活着，像腾空后的祖国
你幻想轻易地收割，灌木丛中的青春；

在简单的呼吸声中，你变得潮湿，
酣睡般吐出，这缺损的雾气，而雾气

如武器，那个带铁上路的美男子
被精细地划伤了脸颊，他试图去寻找

一座通往美好季节的石桥。仅仅
就这样宁静地、被坚硬的秋天所包裹，

你多想看到，有人燃起篝火
把成群的钓钩，甩向那些荒芜的部位；

而更多的猫叫、月光、脏卫生纸，
和高高扔起的啤酒瓶，让你越发沉默。

你手持破碎的蜘蛛，试图向自己
告别，那远方沉重的渔汛你一无所知。

从左走到右，还是从上走到下？
你突然想唱歌，但是人群已隐匿无踪。

秋天的信

一个人走在路上，这是一种疾病，
我终于看到你所说的温暖事物。阳光
穿过这无人经过的街道，停在一扇紧闭的门前。
你是否还没有醒来？在门的后面，你结出
橙黄的果子；让我猜猜，在低矮的床上
你贴住墙壁蜷缩着，这就是生活吧？比秋天
还要美丽，我能懂得。半个小时前，
我刚刚起身，刷牙、洗脸，仅用一次
喝完这一天的水，我出门，把外套留在家中；
一个人，走在路上，我细数，今天将会遇见的
惊喜。那些拎在手上的爱意，途经一丛丛小树林，
我听见鸟扑打翅膀，风吹动了落叶，你的名字
闪了一下，又消失不见，就如同过往所有的风景。
真好，这时候仍有雾，有一种忧愁在雾气中
静静流淌，生活的一小部分，被打湿了。
我走上了石子路，头发遮住了前额，
清晨稀疏的阳光，并不向我提起你，装作
不认识你我。我不为这难过，我体内的灯盏
已经点燃，透过淡蓝色的皮肤，渗出光来。
你要在我轻轻的颤动中醒来，伸伸懒腰，然后
隔着木门放出一只只蝴蝶，在周围盘旋，就像
昨天的月亮托举着我们上升，直到今天。
我的耳朵贴在门上，离你近些、再近些，你是否
仍旧没有醒来？但是我已经准备好，把我
毫无意义的生活，都交付与你。我看到了你所说的
家园，晨雾还没有散尽，我坐下来，抱住了它们；
我哼唱起旧时的歌，周围更安静了。你是否，
爱我小小的羞涩和怯懦？那始终没有出现的人群，
不会属于我；而我亦不敢，走向更远的地方，在那里

我无人相识。而今天，我还没有见到过你，
像今早，被麻雀争相啄走的空气，那么清澈的你。
你依然没有醒来，事实上，我也从来没有
准备好，一个人走在路上，我从来没有准备好
看不见你。如果你醒来，你会知道，我终究
还是躲进了这个秋天，我终究，没能熟悉
你干裂的唇，你尖细的下巴；你会知道，你会知道。

孔国桥作品：口述历史之形制与体制
凹版，30×40cm，2004

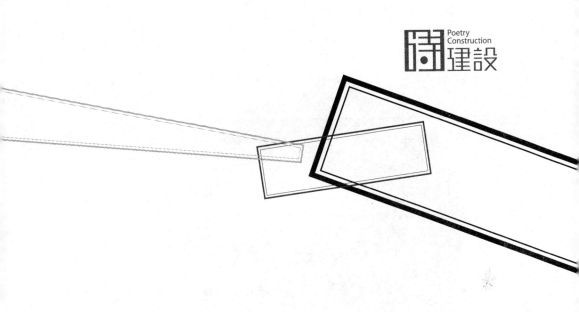

詩建設
Poetry
Construction

跨
界
Crossover

　　麦家,作家,编剧。茅盾文学奖得主。

　　1964年生于浙江富阳。曾从军17年,辗转六个省市,历任军校学员、技术侦察员、宣传干事、处长等职。1983年毕业于解放军工程技术学院无线电系;1991年毕业于解放军艺术学院文学系;1997年转业任成都电视台电视剧部编剧;2008年调任杭州市文联专业作家,现任浙江省文联副主席。1986年开始写作,主要作品有长篇小说《解密》、《暗算》、《风声》、《风语》、《刀尖》,电视剧《暗算》、《风语》、《刀尖上行走》(编剧)等。《暗算》获第七届茅盾文学奖,《解密》获第六届国家图书奖,《风声》获2007年度华语文学传媒大奖。根据他同名小说改编的电视剧《暗算》和电影《风声》开中国谍战特情影视剧之先河,被誉为"中国谍战小说之父"。

小说是"手工艺品"

麦 家

01 现在经常有人把我和遥远的博尔赫斯联在一起,我难以判断这到底是对我的褒奖还是贬斥,所以我既没有因此得意,也没有因此失意。进一步,我也不会因此刻意回避谈论博尔赫斯。今天,我可能会搬出一些大作家的金枝玉叶来替自己添色,帮吆喝,其中首先搬出的就是"博尔赫斯"。博尔赫斯有一个小说集,是1944年结集出版的,里面收录了像《刀疤》《南方》《死亡与罗盘》等著名的短篇,其中《南方》是博尔赫斯自己认可的"前三名"小说之一。现在我要说的是,这个小说集的名字很有趣,很别致,叫《手工艺品》。这不是里面某篇小说的名字,仅仅是小说集的名字。不需要苦思冥想,大概只要望文生义一下,我们便可明白,博尔赫斯想传达的意思就是:小说是手工艺品。

这是一种很偏激的方法,即使我真受了博尔赫斯无穷的指点和恩泽,我还是要表示我的异议。我以为,把一本小说书装帧得像一块金砖一样流光溢金,它也许是工艺品了,但是小说本身无论如何都不会是工艺品的。事实上,我敢肯定,博尔赫斯自己也不会这么认为的,他所以这么说只是一种态度,一种强调。这种态度包含了一个小说家对小说技艺的迷恋和诚服,而这种强调则是典型的博尔赫斯式的一种责疑,一种不满,一种嘲笑,一种呼唤。不用说,这当然是对小说日渐疏离技艺的一种责疑,一种不满,一种嘲笑,一种呼唤。

02 现在来说说手工艺品。手工艺品不是宝器，也不是危险品，穷人富人，老人小孩也许都有一两件。起码都见过。一只茶杯不是工艺品，它是用品，器具，但是当我们在这只茶杯上雕满了花鸟，嵌加了金边，变法了造型等。总之，当它的观赏或保存价值大于使用价值时，它就是工艺品了。但是就是嵌了两边金边，雕满了花鸟，观赏性、趣味性、珍贵度无限地加增了，我们还是无法在其中看到作者特定的思想、感情、道德等精神层面的东西。而小说，哪怕最差的小说，它也体现出一种精神层面。这就是我不同意小说就是手工艺品的主要理由。

但是，为了说明小说的难度问题，我似乎又愿意承认——暂时承认，小说是手工艺品之说法。因为，我觉得小说在文本的完成过程中，就像一件手艺品一样，需要作者工于匠心，精于技艺。故事怎么发展，人物怎么说笑，情感、命运怎么演变，用什么样的语言叙述，用什么样的结构构建，起承转合，都是有技术，有巧妙的。具体到某一篇小说中，这种技术和巧妙的标准是唯一的。我觉得完成一篇小说的过程，就像登一座山，登上山其实不难，起码对我现在也这么说。但是要找到集花径、险途、捷径等于一起的"那个路"是非常难的。只有找到了这条路，你这次登山才是成功的，一路看到了美景，经历了惊险，又捷足先登了。说真的，我现在还是经常登不上山，写着写着丢掉了，报废了。有时即使上去了，毫无成功的快乐，不敢回首，羞于提起。就像我本来是想做一个手工艺品的，但结果出来的只是一件生活用具，人人手上都有，不敢拿出手炫耀，要藏起来。

说到底，把小说说成手工艺品，是对小说的一种退而求之说法，是不能破的底线，是小说家注定应该遵守的纪律。如果你不想或者不能在这只杯子上雕花绣锦，没有这个功夫或者不愿下这功夫，你这只杯子对我们毫无意义。那么如果要加雕花绣锦，就需要专业的技术，就是有难度，要见功夫。难度到了极致，价值才会青云直上。

03 生活在改变我，在一日盛于一日的把我塑造成一个住家男人。最近五年，我的生活简单到了弱智、寡淡的地步，没有娱乐，很少出门。平时，除了参加一些文学活动和与少有的一些作家朋友喝喝茶之外，我的大部分时间都呆在家里，而且是家里的书房里。不是执着，而是痴情。我像吸毒者迷上了毒品迷上了小说，整天在家里读书、发呆、写作，就这三种状态，其中读的、写的主要是小说。可以说，这些年我看过的当代小说很多，国内的，国外的，经典的，不经典的，有名的，无名的。看过之后，给我的最大感受就是，没有难度。尤其是国内小说（国外的因为翻译本身已经经过一次筛选，相对好一些），一年看下来，长的短的加起来至少有几百篇，但真正打动我的可能也就几篇而已。我们现在看到的许多小说，包括一些成名大家的小说，从叙述层面和文本上看，是没什么难度的。稍为留心一下，你还可以发现，很多小说是在有意地回避难度，取消难度，一部大到几十万字的小说，一个腔调，一个角度，直通通地拉下来，不要结构，不要变化。当然，有人说小说的最高艺术境界是无艺术。但我想，这里有说的"无"其实不是真正的"无"，是大音无声之"无"，是大象无形之"无"，是无为而治的"无"，是大巧若拙，大智若愚。总之，这个"无"不是没有的"无"，而是"有了不见"的"无"，是大有，是大艺术，大技巧，浑然天成的大技巧。

我这么说的意思就是，小说是应该有技巧，有难度的。技艺就是难度。这是从小说的技术层面上。从形态上说，我相信小说是一种非常态的东西，芝麻杆上长出芝麻，我觉得这不是小说。芝麻杆长出西瓜，或者而西瓜藤上结芝麻，可能就是小说了。我想说小说就是要非日常化，把小说写得跟日常生活一模一样，那小说的活力就值得怀疑了。还有，我还要说的就是，作家应该带着信念去写作。尤其是在当下，做人、做事、做文的标准和秩序已经混乱不堪，作家要真正写出好东西，肯定要牺牲、放弃某些东西，也要坚守某些东西，尤其精神上的某些东西。取消小说的难度，首先是精神上的放弃，对底线的放弃。破了底线做事，任何事都是做不好的。

智根法师,1968年出生,祖籍江苏,1988年在上海玉佛寺出家,曾就读上海佛学院、江苏南京大学哲学系、中国美术学院书法系。现任湖州市佛教协会副会长、吴兴区佛教协会会长、铁佛寺监院。

智根法师：心静就能看到天心月圆

智根法师 / 泉子

泉子： 法师好，您除了主持寺院的日常事务，给弟子及僧俗大众讲解佛法外，还坚持每天练一个多小时的书法，我想知道，作为一个修佛的人，您拿起毛笔的机缘是什么？

智根法师： 毛笔是上天给予我们最好的情感表达工具。只要具有中国文化情怀的人，只要是爱好中国文化的人，不管字写得好与不好，大概都喜欢用这种方式去表达，比如说毛泽东、周恩来、贺龙，历代很多伟人都有用毛笔这个习惯。书法现在对我而言可能只是一种爱好。但是我想，我在每天工作之余，花点时间去写字，可以从中感受到大美和大爱，可以体悟古人对世界与人生的感受，也可以从他们身上汲取到很多对佛教的弘扬有益的东西。

唐朝有三大草书家，张旭、怀素、高闲。其中高闲就是在铁佛寺出过家，他的师父是怀素，怀素的师父是张旭。怀素自叙帖上面说的"忽然绝叫三五声，满壁纵横千万字"。那么"满壁纵横千万字"表达的是什么呢？是对人生的一种感想，他用字来表达。也就是说，书写更容易使身心合一，更容易表达作者的情感。

泉子： 前段时间，在与杭州的一些画家朋友聊天时，我们谈到，诗人、画家以及僧人道士之间的交往在古代要密切得多，而在当下，这样的传统似乎已不复存在，您是怎么看待这样的一种变化或不同？

智根法师： 或许，科技可以创新和超越，但在传统文化方面，我们无法超过古人。古人的智慧是由"戒、定、慧"的"定"生发出来的。心静下来，你的本性就会流露出来，并非创造。而今天的我们是用烦恼心在思考，技法再好也是浅浮的。心静到一定程度，他就会看到天心月圆，他跟天地之间的"大道"会发生共鸣，他就能理解和顺应天地中万物之间的规律。

我们现在很难恢复到古人那种天性、天真。真的很难，为什么呢？因为现在人心太浮躁，我们是在用浮躁的心去创作，所以是不可能创作出美好的东西的。古人是用"戒、定、慧"的"定"。定能生智慧，智慧通达，然后通过技法来表达自己对事物的理解。如果这个人长于诗词歌赋，他可能成为一个文学家；如果这个人习惯用书法来表达，他可能就是书法家；如果这个人对历史有研究，他就有可能成为史学家。但是不管怎样，他首先一定是通过他的"戒、定、慧"的"定"，然后悟出了宇宙人生的道理。为什么孔子讲"述而不作"？天地之间的大道只有一个，我们今天讲的是无穷无尽。这种落差，我想一个更为根本的原因是我们像古人般与天地之间的沟通达不到，那种对上苍的虔诚达不到。灵感从哪里来？从对事物的恭敬心来。连恭敬心都没有，对周围事物的观察也就不细微，整天说是为了创作去抽个烟、喝个酒，这是不行的。一定要静下心来，你才能够读懂古人，否则你写的文字就是浮躁的。

泉子：在一个古典时代，道与真理是不言自明的，它在每一个人的心中。刚才您指出了我们这个时代的病症，我想从根本上说还是我们这个时代对道、对真理的信心的缺失。无论是西方的基督教、犹太教，还是东方的佛教、道教，其实背后都有一个共同的东西——道与真理。而在我们这个时代，这共同的东西显然被遮蔽了。

智根法师：过去那些文人，你要讲他有确切的信仰，也很难说。但在他们与跟佛教或者道教有一些来往，潜移默化地吸收它们的营养，然后在创作当中去表达。很多好的文章或者诗歌，都是有很多禅意在里面。我们讲的禅，不是指那种文字的美，而是它的深度不一样。我们过去的文学创作都是讲要"思无邪"，注重社会的导向，让人有一种对天地之间美好的向往，对世间的道德、风气起到引导作用，赞扬歌颂世间美好的东西，让更多的人去学习它。过去的教育方法也跟现在不一样，人的一生必须熟读四书五经、古文观止等。等你到了一定的时候，过去学的东西自然而然就会流露出来。现在有些人是很聪明，他看过很多现代的文学作品，认为自己可以集大成了，他们通过拼拼凑凑把一些东西糅合在一起就可以出作品了。其实我们要想创作诗歌，像《大学》《论语》《中庸》和《菜根谭》这些还是必须要学的。就像学书法，如果一个没有临过帖的人，他的创作是不敢想象，不敢恭维的。同样的一个文学青年，如果他只是讲时尚和时髦、流行，短期内可能会有一些灵感去创作诗歌，但是不会太长远。所以，如果说想写出好的东西，我想还是要静下心来，把该读的东西还是要读完，该补的还是要补回去。

泉子：也就是说功夫在诗外。一首诗歌的完成同样包含几个次第阶段或是几个基本要素：第一是你要有敏锐的感受力。同样的东西给每个人的触动都是不一样的。任何东西都能触发我们的灵感，但是它需要一颗敏锐的心去捕捉。你必须能看到别人所看不到的，你能听到别人所听不到，你能感受到跟别人不一样的感受；第二就是你要能够把这种感受表达出来，一种能够让大家分享、感同身受的方法技巧；第三是我们对事物的持续感受与技艺磨砺中向自身，也向他人敞开的洞察。具备了前面两个要素的是一个合格的诗人，但是他能成为一个怎么样的诗人，其实取决于第三点，就是对事物的认知与理解，也是人的境界。他能达到什么样的层次，他的诗能够达到什么样的位置，最终决定的还是最后一点。

智根法师：你讲的这个是相通的，佛法也是一样，书法也是一样，画画也是一样的。它首先需要敏锐的观察力，其次就是表达。表达就是我刚才讲的，你拿什么东西去表达，你文学修养不够的时候，你表达出来就不够准确、不美。

第三个的话，你去观察事物，天地之间的道理你能了知后，但还不能直白地说出来，表达还要有一定的艺术性。如果一个人，他具有诗人般的情怀，或者富有诗意的生活，他也会表达得很美好。但是我们现在人很浮躁，充满急功近利、唯利是图的思想，做任何一个事情只求结果，以最快的方法获得结果，过程甚至是不择手段。在这个时候，人还想要有一个很美满的人生，还想有幸福的生活，是不可能的。你讲的第三条，你想能够表达天地之间的大爱大美，如果不读古书，不读佛经和哲学，是无法达到的。我想佛经是一种真正的智慧，理性的智慧。佛首先是个完美的人。什么是完美，一句话，包括你的思想，你的看法，不能有一点点缺陷，才能称之为完美。释迦牟尼佛凭什么成佛，是靠菩提树下的悟道、靠的是禅定。所以说我们凭什么东西去跟天地去沟通，去突破空间，就是禅定。如果一个人只是靠表面的东西去看那些花花草草，却不能深入到天地之间的道。像现在我们不懂得生活，饮食也不遵从自然，生活方式也不遵从自然，所有的一切都是反常的，那么注定生活质量是不高的。一个写诗的人想去表达他对世界的理解，老实说，他既不读古书又不懂宗教和佛法，他拿什么样的语言去表达？我想，从第二个表达的层面讲，他可以懂，文章读多了，他也能表达，但第三个层面是很难达到的。

泉子：前面您对古的强调，我很有同感。真正的古意是千古不易的意思，它不仅仅发生在过去，它同样发生在今天，也发生在未来。或者说，它因为与道与真理的契合而不会随着时间变化。就像前几年，画界有两个看似矛盾的论断："笔墨当随时代"和"笔墨千古不易"。但是真正理解艺术的人或者修道人，肯定知道这两者并不矛盾，"当随时代"的是笔墨技法、语言形式，它需要与时代有一种深入的互动而不断变化；"千古不易"的是笔墨精神，一种对道、对真理的感受与理解。变跟不变是统一在一起的。

智根法师：我想还是用书法作品来表达，比如说书法作品，好的作品，它的上一个字跟下一个字之间的关系处理，以及整个章法处理，几乎是完美的。但是不会写书法的人，写的字等于是没有道理的，或者说他们的字法，有一部分是符合道理，还有大部分是不在法理当中。真正好的一幅字，能把道理说得很清楚，比如说阴阳关系、主次关系，一定说得很清楚，很自然，不是交代得不明不白。比如说中国的"中"字，常人往往认为中间的一竖会写在字的中间，但是古人不会这样理解，他一定会告诉你不在中间才会美。它是合乎阴阳道理，当然也有易经等传统文化在里面。现在人就不会这样去理解，因为他不懂中国传统文化。

孔国桥作品：口述历史之永远的巴比塔
凹版，30×40cm，2004

Poetry
Construction

诗建设

笔记 Notes

香港文学的矿苗

——纪念诗人也斯

廖伟棠

在雪人依然无家可归的时候，
在圣诞礼盒打开里面仅余黑色的时候，
在年之兽因为疼痛而低噪的时候，
人们走过他曾书写的每一条街道
记得他写下的路牌和店铺。

悼念一位诗人最好的方式是为他写一首相称的诗，在听闻也斯先生辞世的消息翌日，我为他写的纪念诗中，以上面这几行开篇。这样一个晦暗的时刻，是先生诗文中始终念之系之的香港如今经历的时刻：政界充斥谎言与谄媚，民间面对割裂与歪曲，在一切旧价值新价值交替失衡之际，留存而安定人心的，唯有文字所留下的记忆、诗句中确切明晰的人间情景。香港前所未有地凝聚着本土认同的精神努力，而这一认同，奠基于四、五十年前一众香港文化人的激进开拓，这批人之中，就有也斯先生。

而也斯，是那一代人中写作最努力勤勉、成果亦因此最丰硕的一位，所以我说他的过早逝世是香港文学重大的损失。无论是诗是小说是散文，"香港"是也斯先生最主要的主题，也是他毕生寻问的问题："香港何为？"。这既包含了"香港是什么？"和"香港能做什么？"两个题目，也包含了"香港文学是什么？"和"香港文学能做什么？"。即使在也斯晚年他仍苦恼于"香港的故事，为什么这么难说？"，然而作为一个诗人、作家，他寻思和提问的过程就是他的成果，并不必需答案，正如在也斯的诗里我们常常遭遇一些没有回答的问句（并非设问与反问）一样，在复杂的此时此地，提问本身就是答案。

他从 1974 年的诗作《华尔登酒店》到本世纪初的小说《后殖民食物与爱情》,写尽香港殖民地虚妄的风华的没落,而越往后越能写出这风华中个体的人的困顿;从 1976 年的小说《李大婶的袋表》到 2009 年的诗《卧底枪手逃离旺角》,他用魔幻故事披写所谓四小龙崛起时代香港资本积累时期的荒诞,直到自由行救港经济时代一个旧式反抗者的尴尬;当然也有成名作诗集《雷声与蝉鸣》里被诗人正名的港岛寻常巷陌、真实人间,一直繁衍到散文集《山水人物》、《城市笔记》的小城"无故事"的观察叙述,跨界诗集《食事地域记》、《衣想》等与各方艺术家共同唱和衣食俗事之美,乃至最后诗集《蔬菜的政治》、散文集《人间滋味》、小说集《后殖民食物与爱情》以尘世吃食涵盖了人间种种爱恨嗔痴,继而一再反思港人、华人、亚洲人的身份问题。也斯的世界,具体而微,却枝叶备至,成为现实中那个日益显得狭隘的世界的补充,为其寻找话语的"着落"地——这就是诗人的"正名"之努力。

> 而当他繁茂垂须如一株老榕树,
> 他得以静听风间穿过鸟语喁喁。
> 人们所以得知五十年前一则消息:
> 有关阳光在树梢上打了个白鸽转,
> 不同的脚可以踏上不同的石头,
> 虽然浮藻聚散云朵依然在水中消融。

香港六七十年代文化人的觉醒和突围,是成就日后的也斯的关键,而也斯也以更大的力量加持其中,与西西等同代作家一起,把那些激进沉淀成繁茂根系,成为今天我等继承的财富。正如我曾在也斯的访谈(2011,明报周刊)中感慨言之:"如果不是他们当年的种种大胆对陈旧价值的冲击、种种对新美学建设的实验,如果不是他们对香港人文化身份的自信,可以说没有今天的香港——如浮藻渐渐聚结、开合,原来也可以生化出繁盛的生态来。"

也斯先生在访谈中把当时的他自喻为"在黑夜里吹口哨",我说也许就是这种在黑夜里吹口哨的信念支撑这些实验者从六十年代走到今天,把愤怒与压抑锻炼成未来成熟之种子。就像也斯 1970 年写的 < 持着我的房子走路 > 中所说:"我记得自己曾在暴雨的荒山中奔跑。而现在,我却比较喜欢持一把伞。"这把伞所撑起和遮护的,非常珍贵,被暴雨揭示出来、被持伞人所捡拾。

我写"不同的脚可以踏上不同的石头"，是向他《浮藻》一诗里"说话有时停顿／我与你彼此踏上不同的石块／落下不同的沙砾地"致敬，这其实也是也斯通过写作整理香港身份认同问题的最大收获：混同与差异，这是所谓殖民地文化、半唐番文化的独立性所在、也是魅力所在，从六七十年代香港作家的自省中逐渐获得自己的轮廓。可以说在也斯中后期作品中反复大量书写的食物题材，主要用作梳理此文化，曲尽其妙。正如我爱的他《沙律》（即 Salad）以诗所示：

> "经历　由浓而淡　逐一　咀嚼
> 如今　逐渐　爱苦涩的　清新
> 包容　种种　破碎　不知秩序"

这种率性的包容既是香港食物也是香港文化之味，更是也斯文学之味。而且他总是在文化混同处不断强调差异，如他写《豆汁儿》："你问我能喝豆汁儿吗／成！尤其能趁热喝／我也能喝疙瘩汤／吃爆肚，喝棒子粥……但我也知道／你到头来总会找到破绽／你发觉我不喜欢灌肠，你／发觉我与你口味不一样"。

正是这种差异甚至拒绝，造就了香港文化的独立性，孜孜不倦地书写和宣讲这种独立性，是也斯后来文学的一个执念。可令人心酸的是香港的文化不作为政策并不积极支持此独立执念，华语文学的中原大一统标准更不可能理解，据闻也斯先生遗愿仍是"为香港文学平反"，其之耿耿，殊令人戚戚。

> 香港已接纳他如接纳一株矿苗回归矿床，
> 是他最早与你耳语念出你平凡的奥秘，
> 人群哗哗向前涌动时我们思考他的驻足，
> 人群沙沙退后的时候我们方知他在伫立。

平凡的奥秘——这既是香港文化的魅力，也是也斯的诗歌的魅力。这里面有传统，其诗如前文所写的沙律，洋洋洒洒铺排赋比兴，亦遵循诗经的基本，使用此时此地的语言和意象。他的诗貌似散漫，却于散漫中暗藏许多伏笔，让人咀嚼回甘，这样的散漫远承中国古代的即事诗，柴米油盐离别重遇，无事不可入诗，接过来又和后现代主义的禅宗垮掉派、纽约派的和谐自如相合，加里·斯奈德的质朴自然、弗兰克·奥哈拉的率性流动，都在也斯的东方语言中回归源头。

就像这些外国同行一样，也斯也善于在写实与隐喻之间进行暧昧游移，尤其在其进行政治隐喻或身份理念思考的时候（不过也必须指出，在其中期诗说理过露，有失于概念先行）。他最精彩的地方在于其继承了冯至、林庚新诗里，禅宗断语式的神来之笔，抽象象征圆融于意象虚实之间。这是诗的无理之妙，抵偿了理念之白。

2009 年，也斯在得知自己患上绝症前后所写诗杰作纷呈，部分收于《普罗旺斯的汉诗》一册中，读之颇令人感慨，既感诗到穷绝处则工，又感命运的缰绳催之何太急。他借书写韩熙载、罗聘、潘天寿、孔子等东方人物，寄托自身甚深。如写《韩熙载夜宴图》："你或知道我每一舒展 / 都摆脱不了宵来的沉重 / 只是无谓在人前 / 反复沉吟"；写《潘天寿六六年画＜梅月图＞》："在冬夜独有新发的梅花静静开放，向望未尽为暗云抹盖的月色，也仍受月色眷顾。只沉入画中的境界，也不知，也管不了：能否待得春天到临？"，写作时间是 2012 年 2 月。《孔子在杜塞尔多夫》一诗也像是对自己的反省："我只不过熟悉人世的曲折，在其中周旋 / 唤起人们去想像温柔敦厚的诗教 / 一旦烈酒在脆弱的喉间燃烧 / 只教我无法心境平和与世界细语商量"。

"温柔敦厚"是许多人读也斯诗的第一感觉，但能细品其烈酒燃烧的内心的人不多，就如他在《隔桑》说"细雨中的灯火这么炽热 / 为什么不直接倾泻？/ 还是藏在里面的好 / 每日温暖着心头"，这不但有诗经的诚恳，还有仓央嘉措道歌的萦回。在这组《诗经练习》里的诗歌多是有情之诗，让人遐想诗人晚年之爱。难怪汉学家芮福德（John Minford）把也斯比喻为纳兰性德，实为知人之言，那是一个隐藏甚深的也斯——孤傲于自己的深情的诗人。现实中的也斯教授手头有写不完的论文、创作以及会议，"偏偏是不属于这儿也不属于那儿，还要骄傲自己喜欢越界的品性，结果就总是这样落了单，变成没有归属的孤魂。"芮福德引也斯《边界》里的句子想说明他"对失败者不带自恋的颂扬"，其实同时也承认了在此时代一个诗人必然的格格不入、必然的遗世独立。

　　"跟去吧，诗人，跟在后面，
　　直到黑夜之深渊，

用你无拘束的声音
仍旧劝我们要欢欣"

　　在我写给也斯先生的悼诗里，最后以引用 W.H. 奥登《悼叶芝》的句子作结，是因想起了古今诗人传承的同一命运。我想起了也斯先生在 2002 年曾经给我和女友写过一首诗《药膳》，在他来北京大学看望我们之后，收于组诗《北京戏墨》里。他写到我们那天晚上走过的路："校园黑暗的小路两旁屋里透出灯光 / 照亮我们的路。那是林庚住过的地方？/ 那边是金克木？还有朱光潜呢！/ 不要担心，患了感冒的小情人 / 那么多爱诗的灵魂 / 他们会庇护你们的"，今天我才明白那小路两旁的灯光就来自爱诗的灵魂。而今天，也斯也加入了这些美丽的灵魂行列中，成为护佑诗歌继续前行的灯光。

美国现代派女性诗歌新传统的奠基与建设

盛 艳

一

　　美国第一个现代派诗人当属艾米丽·狄金森（Emily Dickinson）。艾米丽在世时，仅发表诗作七首。由于诗歌的节奏、韵律、创作理念都与传统诗歌截然不同，在发表时被编辑进行了大幅度的修改，艾米丽诗歌的现代性此时已初见端倪。1955 年，哈佛大学出版社出版了托马斯·H·约翰森编辑的"几乎忠实于原手稿"的艾米丽·狄金森新的诗总集。使美国诗歌评论家和读者都大吃一惊的是，他们发现六十多年来他们读到的都是被各种编者这样那样"整理"过的狄金森。虽然狄金森一直被推崇为现代派先声，直到一睹诗人真貌，才明白狄金森实际上在现代派成为美国主流之前几十年，在 19 世纪 60 年代，就默默地为现代派诗歌打开了路子。

　　美国现代派诗歌流派众多，出现了许多新的诗人，但是以 T.S. 艾略特（T.S.Eliot）和威廉·卡洛斯·威廉斯（William Carlos Williams）代表着美国诗歌创作的最重要的两大源头。艾略特是现代诗歌史上里程碑式的人物。1919 年艾略特发表了《传统与个人才能》，探讨了诗人与历史传统的关系，从此文可以看出艾略特重视传统，历史：诗人肩负着继承传统并改变传统的重任。这一理念深刻地反映在艾略特的诗歌创作中。以《荒原》为例，强调对个人情感的隐匿和通过客观对应物的应用。《荒原》中大量对于经典文学作品的引用，表现了诗歌既是传统的产物，同时也改变着传统。艾略特的诗歌结构庞大而工整，充满了哲性思索，诗歌主题宏大，与人类的命运相关，其中最突出的就是《四个四重奏》。

　　与艾略特不同，另一位美国现代派诗歌的代表诗人威廉·卡洛斯·威廉斯认为艾略特的《荒原》的出版是一场大灾难，他在《地狱里的科勒》序言中，批评了诗坛中最杰出的几位诗人朋友——伊兹拉·庞德、H.D. 和华莱士·史蒂文斯，试图与他们，特别是艾略特，划清界限。

威廉斯倾向于以日常生活题材入诗，坚持实用主义的反理性和反智性倾向。诗歌的形式简洁、节奏口语化、意象生动，并强调视觉效果，这些特点均在威廉斯的名作《一辆红色手推车》中得到展现。威廉斯的诗歌与艾略特的诗风背道而驰，赋予平凡而朴素的事物以深远的诗意，拓展了诗歌写作题材，并具独特审美意蕴。

1960 年唐纳德·艾伦发表诗集《美国新诗》之前，垮掉派、旧金山派、黑山派、纽约派的诗人并不为人熟知。这本诗集的出版使得这些诗人名声大振。而这些现代派诗人都与威廉斯持有类似的诗歌创作理念。

早在 1958 年，唐纳德·艾伦出版诗集《英美新诗人》，对 40 年代到 50 年代的现代派诗人进行介绍。罗伯特·弗洛斯特（Robert Frost）为这本诗集作了序。在这本诗集中，罗伯特·洛威尔被提升到一个极高的地位，被视为年轻一代诗人引导者。然而这本诗中选取大多都是前期洛威尔尊称形式主义时期的诗作。形式主义诗人"早期都是艾略特忠实的追随者，对威廉斯知之甚少，对庞德敬而远之。"随后艾伦·金斯堡于 1956 年发表《嚎叫》，他在公共场合裸露身体大声朗诵，随后因被指控犯有淫秽罪而受到审判。金斯伯格的做法对于洛威尔有很大的冲击，促使其完成了从形式主义诗人到自白派诗人的转变。

因此，最后成为自白派诗人的罗伯特·洛威尔可以说是两种诗歌传统的实践者。罗伯特·洛威尔在发表《卡瓦纳家族的磨坊》之后对自己早期受批评家推崇的晦涩复杂的作品感到很不满。正像他后来承认的，金斯堡的《嚎叫》以及其他年轻诗人的更不拘形式的诗作的发表都让他感到自己的诗孤僻边缘而贫于想象。洛威尔博学多才，成就卓越，但濒临脱离时代。

洛威尔于 1959 年改变诗风，出版了《生活研究》的诗集，以惊人的坦白的方式解释了诗人个人的生活和内心活动，被罗森瑟尔命名为自白诗。这与威廉斯的诗学观念是一致的，即"诗歌别无所求，只应追求生动性，仅此而已，为生动性而生动性。这一特性的实在具有内在的激情，它不会'像'任何东西。因此比喻并非诗歌的正宗，是使得诗歌成为其自身的生动性成就了诗歌。不必解释或比较。做出来，那就是诗了。是现代诗，而不是传奇故事。" 洛威尔在诗歌创作理论上的转变影响了一代年轻的诗人。洛威尔在创作中经常通过心理分析，对自白派创作的技巧进行探索与更新。安妮塞克斯顿（Anne Sexton）和西尔维亚普拉斯（Sylvia Plath）都是洛威尔的学生。

T.S. 艾略特和威廉·卡洛斯·威廉斯可被视为美国现代诗传统和反传统的先驱和奠基人，他们对于现代派诗人有着深远而不可估量的影响。

二

现代派诗歌先驱的艾米丽·狄金森，艾略特诗歌传统的继承者玛丽安·穆尔和伊丽莎白·毕晓普，以及自白派的代表诗人西尔维娅·普拉斯和安妮·塞克斯顿从整体上反映了美国现代派诗人的走向。

艾略特提出的"历史意识"、"非个人化理论"以及"客观对应物"，对西方现代文学批评观念的建立起了先导作用，也对西方文论产生了巨大影响。穆尔与艾略特常年保持着通信关系，她将艾略特视为父亲似的导师，在创作上亦不可避免地受到艾略特的影响。

穆尔出生于 1887 年，于 1909 年毕业于宾夕法尼亚州布林莫尔学院生物系，其后转学商科并任教于美国印第安大学的卡莱尔学院。1915 年开始，穆尔在文学刊物《自我主义者》（the Egoist）和《诗歌》（Poetry）上开始发表诗作。1919 年后，与她的母亲，住在纽约布鲁克林，穆尔致力于诗歌写作和批评。在 1921 年在伦敦出版了她的第一本诗集《诗歌》，1924 年，穆尔出版了第二本诗集《观察》。于 1925 年至 1929 年担任著名文学杂志《日晷》（Dial）的编辑。1935 年穆尔出版了《诗选》（Selected Poems）。这本诗集收录了以前诗集中的诗歌并加入了新的作品。艾略特为《诗选》作序，这本诗集奠定了穆尔在现代诗坛上的地位。

由于早年毕业于生物系，穆尔又有着画家的敏锐。她对客观世界，特别是动物世界有着精细的观察，动物常常成为激发穆尔创作的源泉，因此穆尔被视为自然诗人。穆尔通过对细节准确、精细、详尽地观察传达自己在道德和诗学上的观点。穆尔可视为艾略特诗歌理念忠实的实践者，在创作中，她摒弃了个人倾向，选用精巧古怪的意象，擅长于将视觉效应和多种修辞相融合。由于诗歌的非个人化，使得穆尔的诗歌显得很中性，几乎泯灭了女性色彩，不少评论家用阳刚气(masculine)来形容穆尔的诗歌。

而与玛丽安·穆尔亦师亦友的则是另一位美国现代派代表诗人伊丽莎白·毕晓普。毕晓普将玛丽安·穆尔视为导师，两位诗人多年来保持着通信关系。玛丽安·穆尔给予毕晓普文学上的建议和帮助，对于毕晓普奠定自己的诗歌创作观点起了重要的作用。

与玛丽安·穆尔一样，毕晓普也擅长于对细节细致入微的观察，虽然毕晓普一生创作的诗歌并不多，但是这些诗作全部都是精品。毕晓普酷爱旅行，擅长于将风景入诗。她在《地图》一诗中写道："地理学并无任何偏爱，/北方和南方离得一样近。"她的作品中有许多以叙事风格展现哲理的名篇，譬如《渔房》。上述两位女诗人，是艾略特诗歌传统的继承者。她们更精于观察，使得诗歌的主题从宏大走向细微。

非凡的想象力、观察力，和通过细节的观察展现出的洞察力使得毕晓普的诗歌呈现出硬朗的中性特质。但毕晓普的性格羞涩、缄默，一生大多数时间都远离美国本土，她在加拿大、美国、拉丁美洲、欧洲之间游历，曾在巴西生活18年，一直游离于美国诗歌圈之外。直到晚年才回到哈佛任教。

虽然毕晓普的诗歌数量不多，但是荣膺了许多奖项。1946年出版的诗集《北方和南方》使得毕晓普一举成名。1955年，毕晓普将《北方和南方》与新诗集《一个寒冷的春天》合编为《诗集》，并因此获得普利策奖。1965年，毕晓普出版诗集《旅行的问题》。1969年，《诗歌全集》的出版，牢固地奠定了她作为杰出诗人的地位，并获得国家图书奖。1976年，诗集《地理学Ⅲ》在英国出版。在1979年，毕晓普成为第一个获得诺伊斯塔特海外图书国际文学奖的美国人和女诗人。

作为毕晓普的生前好友，诺贝尔获得者墨西哥诗人奥克塔维奥·帕斯（Octavio Paz）和谢默斯·希尼（Seamus Heaney）分别写了《伊丽莎白·毕晓普：缄默的权利》和《数到一百：论伊丽莎白·毕晓普》。美国诗人约翰·阿什伯里（John Ashbery）称她为"作家的作家的作家"，1987年的诺贝尔文学奖获得者美国诗人约瑟夫·布罗茨基将毕晓普与罗伯特·佛罗斯特、托马斯·哈代、W. B. 叶芝、T. S. 艾略特、W. H. 奥登和玛丽安娜·穆尔一起推荐给英语读者，认为这些诗人的作品能帮助读者培养良好的文学趣味。在毕晓普去世二十年后的今天，她终于被确认为是继爱米莉·狄金森、玛丽安·穆尔之后美国最重要的女诗人。

从艾米丽·狄金森到玛丽安·穆尔再到伊丽莎白·毕晓普，她们的诗歌都是冷静、节制，通过隐喻、意象、象征等手法间接地表达情感。这与自白派的代表女诗人的作品有着天壤之别。

三

受威廉斯诗歌理念影响的自白派诗人中最具代表性的女诗人则是西尔维娅·普拉斯和安妮·塞克斯顿。这两位女诗人都极具传奇色彩。她们的诗感情炙热，意象古怪而生动，诗歌通过口语化的表白，大声宣告对生活、婚姻和世界的态度。并且这两位女诗人都以自杀结束了自己的一生。

西尔维娅·普拉斯从小就极具诗歌创作天分。德国父亲刚硬的气质和幼年丧父的经历对于普拉斯有着不可估量的影响。普拉斯在世时只出版了诗集《巨人》（The Colossus, 1960）和自传体小说《钟罩》（The Bell Jar,1962）。去世后，丈夫休斯对其作品进行整理并出版，1965年《爱丽尔》（Ariel）出版并随后获得普利策奖。

在《巨人》中，普拉斯的写作手法精致而传统。与休斯成婚后，在婚姻、事业和家庭的狭缝里，普拉斯发现了自己的声音，逐步形成了自己的风格。普拉斯去世前，在与休斯分居后，带着两个孩子独自居住在伦敦叶芝的旧所中，生活艰难而拮据。然而，正是在这样艰苦的条件下，普拉斯进入创作高峰期，这些诗歌大多收录于《爱丽尔》。在那段时期，普拉斯的创作速度非常之快，几乎每两三天就会写出一部新作品。普拉斯曾回忆"我的这些新诗有个相同之处，全都写于凌晨四点光景——在听见婴儿哭声和送奶人放瓶时刺耳的乐声之前，那段天色灰蒙蒙的甚至是永恒的时分。"她常在凌晨时分起来进行诗歌创作。"在那些昼夜相交的死寂时分，她在清静孤单的气氛中可以聚精会神地进入到内心世界。"普拉斯的代表作有《爸爸》、《申请人》、《雾中羊》、《月亮与紫杉树》、《蜜蜂组诗》等。

普拉斯善于使用通俗的、鲜明的意象，语言夸张、直白。例如在《申请者》中，诗人展现了五六十年代的美国女性被物化的事实，塑造了一个妇女的刻板形象。另一方面，普拉斯在诗歌中传达了无所不在的死亡冲动与死亡意象，例如《雾中羊》、《词语》、《采黑莓》、《越冬》等。虽然普拉斯的诗歌并不以诗艺见长，但是连环的、动态的意象，诗歌叙述者视角的准确转换、隐喻的使用，都表现了她娴熟的诗歌写作技巧。普拉斯的作品呈现出精神上的病态，以及追求自我价值的女性在家庭与事业中所感受到的矛盾。这反映出了美国20世纪五、六十年代妇女的生存现实。

塞克斯顿是美国战后最重要的诗人之一。她的诗作敏锐、坦诚、有力，视角超乎常人想象，意象强烈，韵律自然而有力却又不失优美韵律，被视为最重要的自白派诗人之一。

安妮•塞克斯顿于1928年出生于马萨诸塞的一个富裕家庭，并未受到多少正统学院派的诗歌训练。1957年曾与普拉斯一起参加罗伯特•洛威尔在波士顿大学开办的诗歌创作班。最初是为了对抗精神疾病，塞克斯顿才开始写诗。与普拉斯相比，她的诗歌更加粗粝、大胆、直白、赤裸。塞尔斯顿的诗歌很多都涉及了女性的私生活，一方面满足了公众的窥视欲，另一方面从众多女性读者中获得共鸣。

患有精神病的自白派诗人们才会沉浸到他们自身的苦闷绝望和凄凉灰

暗之中，详尽地描述他们的不幸、迷失、疯狂、离异、死亡、自杀欲望、失败等，而对外部世界很少有反映，如塞克斯顿诗歌中的主要人物除了她自己之外就是医生、护士、父母、丈夫、情人、女儿和婴儿。

在某种意义上说，她的诗歌更像是对着世界发泄情感，以求得精神上的平衡。这些诗有时是狂躁的、不安的、神经质的，有时又被死亡的压力笼罩，其中充满了与死亡有关的意象。甚至在有些诗歌中，塞克斯顿直接大声宣告：我想死。

塞克斯顿一生出版了七部诗集，《精神病院来去录》（To Bedlam and Part Way Back,1960）、《我所有可爱的人》（All My Pretty One, 1962）、《活着或死去》（Live or Die, 1967）、《爱情诗》（Love Poems ,1969)、《变形》（Transformations,1971)、《死亡手记》（Death Notebook,1974）和《向着上帝怒吼》（The Awful Roaring toward God,1975）。《爱情诗》和《变形》是塞克斯顿最畅销的诗集，《活着或死去》获得了 1967 年的普利策奖。然而，她的第一部诗集最好地体现了她的"疯狂"、"死亡"、"婚姻"、"爱情"等主题。 塞克斯顿的最后一部诗集《向着上帝怒吼》（The Awful Roaring toward God,1975）写于去世前不久。那时塞克斯顿正经历着巨大的生活危机。在这段时间，诗人忍受着极大的精神痛苦，但是与此同时却呈现出了紧张激烈的诗歌创造力，这种创造力甚至是以用狂躁来形容。诗人与诗歌中的"我"融为一体，不分彼此。诗歌成为诗人痛苦的延伸，可以被看见，被感知。《向着上帝怒吼》这一诗集将愤怒漫画化，并变形地呈现于读者。

诗歌成为塞克斯顿抵御寂寞和恐怖回忆的工具，诗歌中的感觉是变形的，甚至可以说是迷幻的。自制和沉默是与塞克斯顿的诗歌搭不上边界的词汇，可以说塞克斯顿的诗歌是诗人用血、悲伤和愤怒营造出的。

普拉斯去世后，塞克斯顿写了一首悼念普拉斯的诗《西尔维亚之死》，这也是一首以死亡为主题的诗，在诗歌中塞克斯顿认为普拉斯从她这里抢走了死亡。十一年之后，1974 年 10 月 4 日，安妮·塞克斯顿把自己锁在汽车房里，打开打火装置，自杀而亡。死亡对于安妮·塞克斯顿就仿佛是旅途的终点，她像一个旅人一样曾多次接近它，最后终于通过行动将死亡付诸实现。

从狄金森到普拉斯，美国现代派女诗人的写作从隐秘，逐步走向自制、内敛、精于观察，直至最后的大声告白，以疯狂或死亡宣布诗的存在，美国女性诗歌发生了翻天覆地的变化。她们为美国诗歌打下了女性烙印，书写上了浓墨重彩的笔画。

Poetry
Construction

阅理設

细

读 Text Reading

雪的光芒下，或词的家乡
——读王家新的《尤金，雪》

高春林

一

十多年前的一个冬天，在红石山的老房子里一边烤火，一边漫不经心地读着诗歌。劈柴在炉内噼啪作响，外边飘着雪。彼时，读到王家新的《尤金，雪》，忍不住走了出去，在雪地里转了一圈……。雪地的宁静和诗歌的干净，同时在我的心里亮了起来。王家新一向被看作是有所承担的诗人，他的思想性和诗歌精神也给许多人带来过启示和激励，他自己也并不掩饰这种携裹着诗歌意志的精神气质在他身上的体现，所以我想，在他那里，这也就是雪的光芒成为诗的光芒的一个主要原因。

他曾经说，"当今中国北方大自然景观和他的政治、文化、历史相互作用于我们，在写作中就开始了一种雪……"，雪作为一种精神的东西，一直以来和诗人的内心呼应着，构成了一种隐秘的内在联系，甚至成为内心的一个地标。这个标志意味着什么？对于一个有着精神经历的人，至少会想到：光亮！布罗茨基在称道弗罗斯特诗歌时有一个说法是"单纯的意义"，他说："在北方我更容易将自己同弗罗斯特融为一体。在苏联我有三年是在布罗茨基标志的强烈影响下度过的。……据我记得，只有几个诗人向我显示出与所有其他人的基本区别，显示出这样独一无二的灵魂。"这使我想到一个诗人的意义，并愈加喜欢"灵魂"这样的说法，这于诗歌来讲显得多么重要。

我注意到王家新的《尤金，雪》的标注日期和地点——1996.3.美国尤金。我不知道那是怎样的一个地域或城市，只是在诗歌中感受到一种极具感染力的天地之美，没有国界，只有宁静与自然。后来看到王家新的一段文字："尤金，一个只有几万人的美国西北部小城，俄勒冈大学所在地，为群山和森林所环绕，离太平洋只有几十公里。从2月到4月，我在那里生活了三个月。松鼠在住房周围的松树上蹦跳。雪后人们在周边的居民区堆起了红鼻子雪人。一个'童话似的世界'？"让我明白了一个地方的美其实一直在那里存在着，它似乎在等待着与诗歌融合，等待着一个人找寻／追求的脚步。他在诗中写到："在一个童话似的世界里不能没有雪。"仿佛一种期待已久的场景和愿望终于到来了。而问题也在这里。在我们这个时代，有没有这样的一个童话世界？能否找到我们的诗歌所转化并提升的那个"铭刻在灵魂里的风景"？

有时，我一方面惊异于我们的诗歌所触及的那个现实是如此真实，恍若眼前；一方面又为想象力的展开所达到的一个语言的高度和敏锐度而欣慰。在一个人的想象里，一定有着这样的一个地方，或者说一个想象的世界一直在他的内心存在着，我相信，这是心灵的东西。在一个混乱、失衡的年代，这是一个诗人进入诗歌的一个支撑，也是对一个诗人在他艰难的历程中的一种考验，他必须携带着思想和某种向往的情感，去寻找那或许并不存在但是在我们的诗歌中必将到来的某种现实之境。这几乎是一个诗人的责任。我们为什么写作？我们诗歌的意义在哪里？在当下一切都变得物质性和消解性的时代，诗人的使命变得非常尴尬的今天，当我们谈到这个问题，还是绕不过责任这个话题，对于我们的诗歌，激情与责任永远是并存的，承担将会永恒地成为一个诗人进入诗歌时的使命。这一切，与刚才说到的灵魂密不可分。要义就在这里，"灵魂存在吗？，当然存在，就在这首诗里。"我不妨引用王家新的这句话，"真正的诗歌不仅仅是审美，它更是一种进入灵魂的语言。"

二

这里是心灵和自然之间的转化。是寻找"词根"的意义。

那场急急的雪、一场接着一场的雪，让整个大地变得宁静的同时，更让诗人的内心澄明。我所知的是，这是有着自己的态度而令人敬畏的那种澄明，因为有诗人深刻的意识在里边，而不是乌托邦式的影像。作为一个深度探寻与沉静思考的诗人，王家新在语言上不仅是一种生活的经历，体现出来的更是纯正的品质和非凡的气质。在这首诗里，"邻居的雪人也将向你伸出拇指，／一场雪仗也许会在你和儿子之间进行，"这种溢于言表、暗含某种惊讶的喜悦似乎刚一出现，诗人就转向了另外的暗示：这不是写诗的理由。这大概就是一个诗人的选择，他的态度即便是在这样的时间上也有着鲜明的取向，在这里仿佛要完成一次心灵与自然的交接，这是一个与灵魂相关的态度。

经历了北方的风暴、干燥，以及抗争、漂泊和破碎的感受之后，一个人等到的是什么？或许是另外的失望也未可知。而作为一个诗人，他必须回到他的词语上来。只有那些词和他的相遇之境在内心共振，才有可能接近一个精神的高度与深度。这个过程，需要一种深邃的清醒，带着向内的那种挖掘去思考、拷问，甚至不惧怕切身的失望与痛感。对于生活，我们失望的毕竟太多了，当下的痛感也许还在累积，很多事件都因碎裂而变得漠然，而唯独不能漠然的是灵魂，它还在我们的身上给事物以力量，还在诗歌中存在着，寻找着它的声音。像王家新这样的诗中说的，诗人依然穿行在他的夜间和路上，"一个在深夜写作的人，/他必须在大雪充满世界之前/找到他的词根"。

当然，这种态度是在经历了之后的选择。是"黑暗命运"、"破碎时代""幻影破灭"之后，诗人带着他的想往与良知，在大地上游走、穿越、寻找，让内心和诗歌去感应一种突然出现的光亮和词语的光辉。后来，在我读了王家新的《田园诗》之后，对《尤金，雪》的这种感受更加强烈，那是被提升的一种境界在我们的面前徐徐展开，恍若那种光亮不是来自那天地之间的雪域，而是他的词语在照亮着眼前所视。在他的"目睹"下，是"如果你在京郊的乡村路上漫游/你会经常遇见羊群/它们在田野中散开，像不化的雪"，而接下来是"直到有一次我开车开到一辆卡车的后面/在一个飘雪的下午"，如此对比，突然的惊愕出现了，羊的眼睛"那样温良，那样安静/像是全然不知道它们将被带到什么地方"。这种隐喻性的悲悯，一下子会把人的心揪紧，这让我想起王家新在评价扎加耶夫斯基时说的一句话，"诗人的'向内性'，就这样带着一种特有的诗歌良知和道德内省的力量。"读了这个诗歌后，把这句话，放在王家新本人身上也是贴切。这不是某种巧合，而是像王家新这样的诗人本身所具备的精神气质。

事实上，羊的命运也可转义为我们人类自身的生活和命运。这的确不是某个幻境，而当我们经历了太多，而一些情景甚至于在经过粉饰之后，我们会不会熟视无睹？我们的目睹，或者说，我们的诗歌会不会失去它潜在的力量？因此，我们不得不重新回到灵魂的问题上去谈论语言，这应该是一种诗学精神，而不是仅仅带来愉悦的分行文字。这样来看，《尤金，雪》那种语言上的纯净和词语之间的转化，包含了诗人一直随身拥有的忧虑、激情和对语言神奇般的艺术创造。对"词根"的寻找所具有的意义也不仅仅是在修辞上了，超越了某种镜像之上的境界，无论是在生命上还是思想上都带来了深层次的意义。

三

必须谈到"跋涉"这个词，因为对于诗人来说，它给予的是一种令人神往的光辉。

"他还必须在词中跋涉，以靠近／那扇唯一的永不封冻的窗户，"这扇窗，正是跋涉的关键所在，在跋涉中，实现诗与诗人的相互寻找，事物中那些明亮的部分才能在我们的词语中凸现。王家新在谈到这个诗的背景时也说到："现在，我不像早年那样去'寻求'了，只是依然关注着'词语'与'精神'的问题。我仍在梦想着一种词语与精神相互吸收、相互锤炼，最终达到结晶的诗歌语言。"他举出莎士比亚和杜甫，"词语与精神相互历炼的伟大典范"，他说，"相对于这样的高峰，我们还必须在词中跋涉。"作为诗人的王家新其实一直在这样的路上保持着血性的自觉，甚至不惜在创造"更为艰难的东西。"这是一个人的诗歌意志，也是一个诗人的精神在释放着它特质的光亮。

　　这种自觉体现了一个诗人在语言上和思想上的坚韧。正是靠着这种坚持提升了诗歌的力量，按照王家新的说法，让词回到它的"家乡"。

　　记得2008年的秋天，我和耿占春等几个诗人在中原大地上漫游，我们谈到创作的持续力，以及技术对我们这个世界遗存的文明的伤害。其中的一个观点是，在我们中国，一个诗人成熟了之后，到了40岁以后这个年龄，那种语言上的创造力鲜有提升，重复在占据着想象的空间（当然，不在其列的也有，毕竟是少数），这一点与俄罗斯诗人、包括欧洲那些诗人，比较之下，相形见绌，因为欧洲的许多诗人在晚年还能写出敏锐和痛感的诗章，譬如叶芝"因为我心头有密密愁云／我边走边祷告，有一个小时"（《为吾女祈祷》），米沃什"看见，并见证"，在

他那里诗歌不是疏离，而是给予真实以热情，是"赋予'人民那伟大灵魂'的种种愿望以形状。"他们的持续之力随着经历的加深而向着一个更高的境界敞开。由此看，诗歌永远在路上，在诗人的跋涉中。耿占春也说到："也许我们时代的诗歌将开始进入一场诗学与社会学的漫长的争吵。诗歌必须保持着它对历史的批判性的想象力，犹如王家新在《持续的到达》中所要求的：'攀登入生命之境／当黑暗闪烁，每一颗从梦中／挖出的种子／依然是碧绿的"。这里一方面在强调着诗歌历程中漫长的使命，一方面在欣赏着那带有历史责任感的"持续的到达"。

　　当下，或许不乏好诗。但是作为一个有着历史使命感的诗人，坚持着诗歌的提升和诗歌的转义，去抵达他应有境界的跋涉者，并不多见。因而，"必须在词中跋涉"也就成了一种责任和意义。

　　在我们所处的这样一个速度追杀历史的快进时代，工业文明和技术手段在貌似进步的旗帜下为现代生活妆点着一切，我们的城市在扩大，在变得千城一面，成为一个电脑一般的程序系统，而由此被挤压甚至消失的是什么？文明加快着

遗忘——对历史的遗忘和对价值的遗失，让记忆找不到它栖落的枝条。或许这样的空间该有一个说法，叫"诗意憔悴说"，暂且不说那些高压下的破碎论，仅就这样的的憔悴已然赐予了很多人以忧郁的面容，下一个白昼或者说当我们从梦中醒来，黎明降临在我们身边的事件又是什么？清醒的诗人应该觉察到诗意的空间在一点点缩小，而那些所谓的赞美诗和大批复制的抒情，其实是让诗歌又一次次远离它的道路而不知所向。因此真正的诗人该理解这"词的家乡"的意义，以及我们迫切的愿望。王家新在《大地的转变者》中说到生命的还乡，"'所谓'还乡就是返回与本源的亲近，就是摆脱'技术统治'的控制，听命于我们灵魂的乡愁的指引，重新踏上精神的追寻之途。"这种坚定的语调也是他常说的那种激励，这使跋涉的步子会更加坚定，也正是这样一种信念和过程实现着"然后是雪，雪，雪"那种敞开的无限澄明之境。

附原诗：

尤金，雪

王家新

雪在窗外愈下愈急。
在一个童话似的世界里不能没有雪。
第二天醒来，你会看到松鼠在雪枝间蹦跳，
邻居的雪人也将向你伸出拇指，
一场雪仗也许会在你和儿子之间进行，
然而，这一切都不会成为你写诗的理由，
除了雪降带来的寂静。
一个在深夜写作的人，
他必须在大雪充满世界之前
找到他的词根；
他还必须在词中跋涉，以靠近
那扇唯一的永不封冻的窗户，
然后是雪，雪，雪。

1996.3. 美国尤金

建设 Construct

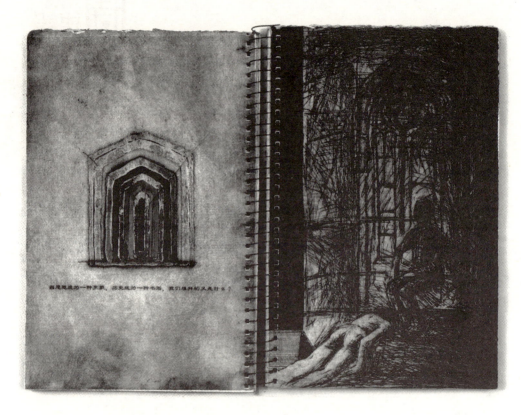

孔国桥作品：口述历史之思想的膜拜者
凹版，30×40cm，2004

祖先们睡在离我们不远的地方

——对汉语新诗中的古典性一种观察

颜炼军

思念

各民族文化中都有惊人的思念隐喻。比如中国民间传说中的望夫石、望夫云,古《越人歌》中的"山有木兮木有枝,心悦君兮君不知",李白在《长干行》一诗中引用《庄子·盗跖》中尾生的典故写的"长存抱柱信"等,都是比较极端的男女思念之辞。古希腊文学中的美狄亚,李商隐笔下的西王母、望帝,可以说都是不朽的思念者形象——它们很多时候也是诗人自身处境的象征。诗人假诸万有,表达着一切永恒想往,总结着困境中的灵魂解围的纷纭姿势,这都为更元质的思念(倘若有一个更为元质的思念可以总结如此繁多的思念之辞的话)寻找到的簇密多姿的显现,模仿柏拉图(Platon)的话说,它们都是一种更高的思念幻化出来的影子。正因为这莫名的思念,思念之辞才摇曳着各种表象,诱惑我们投入形形色色的虚境之中,为穿越一切的、难以命名的、最本色的思念解渴。每一个思念之虚境,就像佚名的古代突厥诗人曾写下的诗句这样,瞄准一个"你",便欣然前往:

> 一听说你从远方回来
> 我就用脑袋走路远迎你
> 我要用泪水洗尽路上的尘埃
> 我把双眼化为你口渴时的甘泉
> ......[1]

---

[1] 维吾尔族古代佚名诗人作品。在此要感谢我的朋友,维语小说家和诗人帕尔哈提先生专门为我翻译此诗(未刊);

这里的"你",是写情人还是写神?是假未说明的"情人"或"神",在表达另外一种大于二者的思念?善于以奇巧的比喻令人叫绝的 17 世纪英国诗人约翰·但恩(John Done)则怀着西方近代科学机械思维带来的兴奋,连通了另一种思念,他曾以圆规比喻男女之间的遥远思念,大意是两个人无论相隔多远,都在同一个圆心支配的力学之圆中。此外,他在《解体》一诗中如此写道:

> 她死了;一切死者
> 都向他们的最初元素还原;
> 而我们彼此互为元素,
> 是用彼此造制。
> 那么我的身体确与她的身体相纠缠

有学者认为这段情爱诗与《圣经》中的上帝话语的同构[1]:"耶和华神使他(指亚当,——笔者)沉睡,他就睡了;于是取下他的一条肋骨,又把肉合起来。耶和华神就用那人身上所取的肋骨造成一个女人,领到那人面前",亚当见到夏娃时说:"这是我骨中的骨,肉中的肉,可以称她为女人。"[2]布鲁克斯(Clenth Brooks)也曾经指出,但恩的诗常常戏仿祈神话语,来成全男女思念话语[3],"他把中古经院神学的辩证法,亦即所谓玄学,以及驳杂的学问揉进了性爱的激情之中"[4],以宗教或神学修辞作思念之辞,这似乎是有宗教传统的文学作品中比较常见的特点。但是,有没有一种大于情爱与神爱之和的诗歌意图,深藏其中?永远发明某种美的东西,是神圣心灵的标志——德谟克里特(Democritus)如此说过[5]。也有人曾指出,相传为清代藏族诗人仓央嘉措的诗里,有着人与佛的关系和男女两性关系的混合修辞。有一段流传的汉译歌词如下:

> 坐在月光里的妹妹,是否你的长发已改变了秩序

---

[1] 参阅张缨《圣经背景下的约翰·多恩爱情诗解读》,见《圣经文学研究》第三辑,人民文学出版社 2009 年,页 267-268;

[2] 见《圣经·创世纪》;

[3] [美] 克林斯·布鲁克斯:《精致的瓮——诗歌结构研究》,上海人民出版社 2008 年,页 5—22,郭乙瑶等译;这种关系在多恩病中所著的《丧钟为谁而鸣》可以看得更明白。新星出版社 2009 年出版,林和生译;

[4] 傅浩:约翰·但恩《艳情诗与神学诗》译者序,页 5;

[5] [古希腊]德谟克里特:《著作残篇》,见伍蠡甫主编《西方文论选》(上卷),人民文学出版社 1964 年,页 4;

> 是否我该用枯坐代替断肠,禅定,寂静无语
> 可一百次的转世,你仍旧会看见我打马徐行

在上古和中古时期的汉语文学中,也出现过与此近似的抒情特征。在《山鬼》、《湘君》、《湘夫人》、《高唐赋》、《神女赋》、《洛神赋》等这样的诗中,就显示了中国南方式的祈神话语与情爱话语的结合方式,但这一脉抒情传统后来除了在少数诗人,比如李贺、李商隐笔下出现过,此后似乎就弱化了(与此并行的以政治为指涉的诗教渐渐成为主流,形成了所谓的"风骚"传统和"香草美人"传统:情爱话语和政治话语之间的互喻,成为汉语古典诗歌的一大特色[1])。在这一传统中,诗歌以神作为媒介,神借人之口说出爱,或者说,人通过说出男女情爱,表达了对神之爱。因此情爱可以与神爱表里如一作出的命名。当我们企图不断反顾和理解这些命名之时,必须回到它们关于情爱和神爱的分歧点上。这种诗意的分歧性,及其所呈现的开放的暗示结构,正应对了汉语诗学中体验到的阐释之难:诗无达诂。

在西方文学史上,神爱话语与情爱话语的含混,成了现代文学改写文学性的重要凭藉之一。那么,在汉语古典文学的思念话语中融会的情爱、神爱、政治、伦理话语,如何在白话文学的生长中被过滤、重写,并重新开启一种新的诗意活水,成为现代文学的一个起点?根据笔者的观察,《诗经·郑风·风雨》一诗在阅读、接受层面的诗意变迁,尤其是现代以来所经历的诗意突变,具有某种不易察觉的典型性,对此过程的理解,似乎可以澄清这一环节中的若干问题。

在中国文学史上,这首诗开启了一个关于思念的含混的抒情传统:

> 风雨凄凄,鸡鸣喈喈。既见君子,云胡不夷?
> 风雨潇潇,鸡鸣胶胶。既见君子,云胡不瘳?
> 风雨如晦,鸡鸣不已。既见君子,云胡不喜?

---

[1]《离骚》之后,这种传统一直延续下来。比如,传为汉宣帝时的《铙歌十八曲》:"圣人出,阴阳和,美人出,游九河。"在许多注笺中,美人被理解为明君之喻。参阅陈沆《诗比兴笺》,上海古籍出版社1981年,页2;今人萧兵认为,"离骚"古义为"太阳神鸟的悲歌"。根据新出土的简帛文献,黄灵庚进一步指出,《离骚》中的舜帝,在古代神话中是太阳神的化身,"离骚"既"离萧",是"咏颂大舜的功德之歌,是咏颂有虞氏的图腾之歌,是属于有虞氏的凤鸟文化。"如果他们的结论是对的,那么长久以来被理解为政治怨歌的《离骚》中,也具有咏神的影子。也就是说,在远古诗歌中,颂神与宗圣是不可分开的,但越到后面,颂神的一面越被淡化,甚至最后被取消了。参阅黄灵庚:《楚辞与简帛文献》第三章《出土文物与〈离骚〉难题破解》,人民出版社2011年,页64-87;受这种传统的影响,两性抒情也被用来谈论文章的好坏,比如,唐代诗人朱庆馀的《近试上张水部》:"洞房昨夜停红烛,待晓堂前拜舅姑。妆罢低声问夫婿,画眉深浅入时无?",张籍在《酬朱庆馀》诗中答道:"越女新妆出镜心,自知明艳更沉吟。齐纨未足时人贵,一曲菱歌敌万金。"

站在今天的位置，纵览《风雨》一诗的接受史，我们可以清晰地看到《风雨》一诗释义的流动性。数千年来先后出现的各种释读，虽各领风骚数百年，却无一能一劳永逸地终结这种阐释的分歧。至今仍让人迷惑的是，《诗经》阐释的三个主要传统：汉代的毛诗以及郑笺，宋代朱熹的《诗经集传》和明清以来诸家对此诗的解读常常相去甚远，宣称得其"志"者[1]，最终都没能抵达此诗的"原始"意义现场。从朴学意义上讲，可以说这是时间磨洗所致，因时间久远，我们已无法"知人论世"然后逆作者之志，更无法回到诗歌描述的原始场景。但这就是诗意分歧的全部原因吗？

从"兴"说起

显然，无论在古典时期，还是现在，诗人写作一首诗的原始情景，绝大多数不为人所知。每一首杰出的诗歌，都是一个永远的奇迹和秘密。相较之下，一首诗到底说了什么，具有什么意义，更与诗自身的意义暗示结构相关，各种风牛马不相及的阐释，终究都只能够从文本出发。意义暗示结构的多棱性，诗歌内部的戏剧性张力对知性、主题等阐释术的坚定免疫力，往往导致诗歌在不同的语境和世情中萌生不同的诗意增殖方式，对不同语境的读者发出新的阐释邀请。同时，在不同历史情境生产出的"振振有辞"的解释背后，常隐藏着一个关于诗歌与现实之间关系的焦虑：当某一有力的诗歌阐释告诉我们，这首诗的意义应该指向它之外的什么时，背后含有一个隐蔽的逻辑：诗歌意义与现实之间的关系，也就是喻辞和喻旨之间的统一性，并非不证自明。[2]比如，与《诗经》中许多作品一样，在《风雨》一诗的阐释史上，就包含着这种对立统一性：它的诗意总是要和某种外部现实关联起来，同时又因为文本结构的内在张力，而不断与之脱落，以至于有必要不断进行重释。

因此，按照汉语古典诗学中的阐释传统，与《诗经》中的许多作品一样，我们也会在众多的解释中发现，各种解释对此诗中作为"兴"部分的"风雨鸡鸣"的理解分歧：它与"得见君子"的喜悦之间的意义关联并不稳定。这

---

[1] 关于"志"意义的分歧和产生的氛围，现代以来，已经有闻一多等学者注意到，见《歌与诗》一文。当代学者李春青《诗与意识形态：西周至两汉诗歌功能的演变与中国诗学观念的生成》一书（北京大学出版社 2005 年）对此问题有较详细的论述，因此问题不影响本章的论述，在此不表；

[2] 参阅 [美] 宇文所安：《中国文论：英译与评论·导言》，王柏华、陶庆梅译，上海社会科学出版社 2003 年，页 1；

种不稳定性在《诗经》作品中很多，也是诗经阐释学中最有活力和分歧性的部分。对这不稳定的部分的重释，是历代诗经阐释的重心之一。

要谈论这种不稳定性，我们先得面对"兴"，这一两千多年中充满争议的概念。正如周英雄指出的那样，"兴"不能只作为诗歌修辞学意义上的方法论理解，更应该作为理解中国诗歌中物我关系的核心出发点。[1] 由"兴"开始，形成的一系列诗学阐释命名系列，都是描绘汉语古诗的关键词：比如"兴寄"、"兴喻"、"情兴"、"意兴"、"兴象""兴趣""兴致"等。现代以来，许多古典文学研究者已经费尽移山心力，梳理这个概念的历史变迁与分歧。在此，笔者只是想尽可能地梳理出，在这一充满分歧的历史性诗学概念中，有哪些资源最后被作为现代汉语新诗的理论资源？或者说得更远一些：在汉语新诗与古典诗之间，如何理解与"新""旧"无关的"诗"的贯通性？它们如何在诗歌发生学，诗歌社会学意义上可以统一起来？

在经典的古诗理论中，"兴"总是呈现一种诗歌描写"物"的姿态。按照现代西方理论话语说，即词与物连接的方式。略为不同的是，在诗经阐释传统中，这种"写物"总是要与物外之意相连，即"意"与"象"的关系[2]。"在所谓'三百篇'中，几乎都要先称植物动物之名义，才能开诚咏言，说是有内在关系，更多的是不相干地相干着。"[3] 在考察这种关联的过程中，笔者常常会感到如下的疑惑：诗歌如何与"现实"关联？诗歌的抒情如何被理解为是具有现实指涉的？在先后出现的各种"关联"和"指涉"之间，又是根据诗歌自身的哪些内在分歧作为动力实现替换的？这些问题，都与"兴"密切相关。因为"兴"的意义总要通过与"比"的分辨来凸显，所以二者常被各时代的诗人和学者放在一起谈论：

> 郑玄：比者，比方于物也；兴者，托事于物也。(孔颖达《周礼注疏》卷二十三)
>
> 刘勰：起情故兴体以立，附理故比例以生……写物以附意，扬言以切事。(《文心雕龙·比兴第三十六》)
>
> 孔颖达：……兴起者也，取譬引类，启发己心，诗文举诸草木鸟兽以见意者，皆兴辞也。(《毛诗正义》卷一)

---

[1] 周英雄：《赋比兴的语言结构》，见《结构主义与中国文学》，台湾东大图书公司，1983年，页122；

[2] 当然，在意象关系和词与物的关系之间，是有差异的，因为汉字和拉丁文造字法不同，所以体物的方式也不同。

[3] 木心：《九月初九》，见《哥伦比亚的倒影》，广西师范大学出版社2006年，页3；

朱熹：兴者，先言他物以引起所咏之辞也（《诗经集传·关雎》）；
比者，以彼物比此物也。（《诗经集传·螽斯》）

上面的材料，只是浩瀚的论述中比较有代表性的几条。我们可以看出，无论其间意见分歧如何，但有一个一致的趋向：作为诗歌"写物"的兴，总得与一个"物"外的意义发生关联。按照刘勰的话说，其中总有起情与附理、写物与附意、扬言与切事这样的意义对称结构。然而，在不同的阐释中，这些意义结构内部的关联，以及被关联的内容，都有不稳定性——这持久地体现在《诗经》接受史中。但是，在古典时期的阐释里，这种不稳定，更多体现为各种"物"外之意之间的分歧、斗争和更替，而不会否定其存在。

现代甲骨文史料的新发现，以及人类学研究中原始诗学的研究成果，让我们对"兴"有了新的认识。比如，根据商承祚和郭沫若等人的甲骨文研究成果，陈世骧对"兴"的原始含义有如下描述："'兴'乃是初民合群举物旋舞时所发出的声音，带着神采飞逸的气氛，共同举起一件物体而旋转"。[1] 庞朴对"舞"字的解释也可以补充上述观点：舞就同"無"打交道的手段，而"無"无论在甲骨文里，还是在老子那里，都是被想象的事物的主宰。[2] 因此可以说，"兴"通过所命名或指涉之物，来完成人与神之间的往来，亲证了世界"看不见"的部分。在中西方的神话思维中，物本身都含有神性的暗示和呈现，赵沛霖甚至认为，在诗经中"兴"句中所写之物与祖先崇拜和图腾崇拜有关。简言之，发现和获得物所暗示的，超越物本身而抵达神性的仪式，就是"兴"。然而，本与神灵和巫术有关的"兴"，经过漫长变迁，到孔子时代，到毛诗中，意义已经变得相对狭窄了。如日本学者白川静所言，"兴"在更早的时期应该是言灵的赞语，人们感受所赞颂的灵物的力量。后来，这种赞语逐渐成为类型化的东西，表现机能也随之发生了变化。他颇有见识地指出，"比喻是兴的发想的堕落形式"。[3] 的确，汉代以后对诗经的理解，大都是孔子诗学或毛诗的变体。先秦以前"兴"的结构中所具有的模糊性和不确定性消失了。这大概就是赵沛霖归纳的："兴"是"宗教内容向艺术形式的积淀"[4]，而这种艺术形式，又成为诗教的修辞学基础。

---

[1] 陈世骧：《原兴：兼论中国文学特质》，见《陈世骧文存》，辽宁教育出版社 1998 年，页 155；
[2] 参阅庞朴《说"無"》全文，见《庞朴学术文化随笔》，中国青年出版社 1996 年；
[3] [日本] 白川静：《中国古代民俗》，何乃英译，陕西人民美术出版社 1988 年，页 46-83；
[4] 赵沛霖：《兴的源起——历史积淀与诗歌艺术》，中国社会科学出版社，1987 年，页 67-90；

还有一种对"兴"的现代理解,值得玩味。顾颉刚在 20 世纪 30 年代曾从研究民歌出发,来探讨"兴"的内涵。他认为《诗经》中"兴"与后面的部分之间只有音韵的协调,并没有意义的关联。他以最著名的《关雎》为例:

> 我们懂得了这个意思,于是"关关雎鸠"的兴起淑女与君子,就不难解了。作这诗的人原只要说"窈窕淑女,君子好逑",但嫌太单调,太直率,所以先说一句"关关雎鸠,在河之洲"。他的主要意思,只在"洲"与"逑"之间的协韵。[1]

这种极端的结论,把《诗经》托物言志的阐释传统彻底敲碎了。朱熹也曾把"兴"分为"取义之兴"和"不取义之兴",但顾颉刚只取一端的做法,无疑取消了《诗经》中作为"写物"部分的"兴"与写事部分之间的意义关联。这就彻底抽走了《诗经》作为经学的修辞学基础,同时也难免抽走了诗经作为文学的修辞学基础。这种极端性的解释,虽然呼应了现代中国反传统的潮流,继承了胡适将经学子学化的思想革命实践[2],但也遭到了一些人的有力矫正。比如,周英雄对顾颉刚最为有力的民歌例证"阳山头上竹叶青,新做媳妇像观音"作了细致分析,并得出了完全相反的结论。顾氏认为上下联之间只有音韵关系,而他认为"凡是好的诗歌,韵脚或多或少都有一定的语义价值,就以'青''音'相押而论,我们大可把'竹叶青'与'像观音'视为对等的单位:观音身居紫竹林,与阳山的竹林似乎是不谋而合;可是相反的,观音身心闲适,普度世人,与新媳妇初至夫家那种临渊履薄的心情,恰成一强烈的对比。"[3]许多现代学者先后以传统诗学对"比兴"的理解为基础,来重释其包含的诗歌发生层面的意义。现代学者马茂元对比兴的区别如下:"'比'是以彼喻此,'兴'是因彼及此。"[4]旅法诗人学者程抱一对"比兴"也有细致的理解:"当诗人求助于一个意象(通过大自然)来形容他想表达的意念或情感时,他采用'比'。而当感性世界的一种现象、一片风景、一个场景,在他心目中唤起一重记忆、一种潜在的情感或者一种尚未表达出

---

[1] 顾颉刚:《起兴》,1925 年,后收入《古史辨》第三册;上海古籍出版社;

[2] 胡适《中国哲学史大纲》正是将经学子学化的发轫之作。

[3] 周英雄:《赋比兴的语言结构》,前揭,页 146;

[4] 马茂元选注:《楚辞选》,人民文学出版社 1983 年,页 42;

来的意念时，他便运用'兴'。"[1] 当代学者叶嘉莹也说："'兴'是由物及心的；'比'是由心及物的；'赋'是即物即心的。"[2] 他们的意旨大抵相同，而笔者认为最为高妙、细致、得体的现代论述，是徐复观对"比""兴"提出的理解。为了清楚地呈现徐文要旨，兹引原文如下：

我想，除了赋体的直接情像以外，诗中间接的情像，是在两种情景之下发生的。一是直感的抒情诗，由感情的直感而来；一是经过反省的抒情诗，由感情的反省而来。属于前者是兴，属于后者是比。为了便利起见，先从后者说起。

已如前述，除了情以外没有诗，而情的本性是处于一种朦胧状态的，但情动以后，有时并不直接以情的本性直接发挥出来，却把热热的情，经过由反省而冷却后所浮出的理智，主导着情的活动，此时假定因语言技巧或环境的需要，而须从主题以外的事物说起时，此主题以外的事物与主题之间，是经过了一番理智的安排，即是经过了一番"意匠经营"，使主题以外的事物，通过一条理路而与主题互相关联起来，此时主题以外的事物，因其经过了理智所赋予的主观意识、目的，取得了与主题平行的地位，因而可以和主题相提并论，所以能拿来和主题相比。比，有如比长絜短一样，只有处于平行并列的地位，才能相比。只有经过意匠经营，即是理智的安排，才可使主题以外的事物，也赋予与主题以相同的目的性，因而可与主题处于平行并列的地位。因此，比是由感情反省中浮出的理智所安排的，使主题与客观事物发生关联的自然结果。例如：

螽斯羽，诜诜（音莘）兮（朱传，和集貌）。宜尔子孙，振振（音真）兮（杜氏左传注曰：振振，盛也）。（《周南·螽斯》）

此诗是在多妻制之下，赞叹人家因能和睦相处而子孙众多（毛序以《螽斯》为"后妃子孙众多也"），却不直接说出，于是以螽斯相比的说："螽斯呀，你们集在一块儿好和睦呵。你们的子孙，当然会这样兴盛的。"这是经过了一番意匠经营，而把螽斯拿来与因妻妾和睦而子孙众多的人家相比，所以螽斯的本身已由理智安排上了与主题相同的目的性，它和主题是处于平行并列的地位，二者间有一条理路可通，

---

[1] ［法］程抱一：《中国诗画语言研究》，涂卫群译，江苏人民出版社 2006 年，页 83；
[2] ［美］叶嘉莹：《叶嘉莹说诗讲稿》，中华书局 2008 年，页 21；

因而可使读者能由已说出的事物去联想并没有说出的主题。其所以要这样比着说，有的是出于环境的要求，有的则出于技巧的需要，以加强主题的强度和深度。

对于"兴"，徐复观也作了细致的分析：

兴所叙述的主题以外的事物，不是情感经过了反省后所引入，而是由情感的直接活动所引入的。人类的心灵，仅就情的这一面说，有如一个深密无限的磁场，兴所叙述的事物，恰如由磁场所发生的磁性，直接吸住了它所能吸住的事物。因此，兴的事物和诗的主题的关系，不是像比那样，系通过一条理路将两者连结起来，而是由感情所直接搭挂上、沾染上，有如所谓"沾花惹草"一般，因而即以此来形成一首诗的气氛、情调、韵味、色泽的。用作兴的事物，诗人并没有想到在它身上找出什么明确的意义，安排上什么明确的目的，要使它表现出什么明确的理由，而只是作者胸中先积累蕴蓄了欲吐未吐的感情，偶然由某种事物——这种事物，可能是眼前看见的，也可能是心中忽然浮起的——把它触发了。未触发时的感情，有的像潜伏的冰山，尚未浮出水面，有的则像朝岚暮霭，并未凝成定形。一经触发、则潜伏的浮了出来，未定形的因缘触发的事物而构成某种形象。它和主题的关系，不是平行并列，而是先后相生。先有了内蕴的感情，然后才能为外物所触发，先有了外物的触发，然后才能引出内蕴的感情。所以兴所用的事物，因感情的融合作用，而成为内外、主客的交会点。此时内外、主客的关系，不是经过经营、安排，而只是"触发"，只是"偶然的触发"，这便是兴在根源上和比的分水岭。例如，先有了内蕴的想找一位好小姐作太太的心情，于是为雌雄相应、在河洲相恋的睢鸠所触发，因为被雌雄相恋的睢鸠所触发，于是求偶的内蕴感情得以明朗化、形象化，这便构成了"关关睢鸠，在河之洲。窈窕淑女，君子好逑"的诗。这便是所谓兴。又如看见一位小姐嫁得一个好婆家，心中不觉有一种"名花有主"的喜悦，但这种喜悦，却似轻烟薄霭的飘浮着，并未构成形象，偶然在结婚季节中看见桃树的嫩枝上，开着娇艳的桃花，一片生机热闹，这便触发了内蕴的喜悦，而唱出了"桃之夭夭（少好之貌），灼灼（鲜明貌）其华。之子于归，宜其室家"（《周南·桃夭》）的诗，这便是所谓兴。又如一个知识分子生当乱世,看到许多篡窃权势的人,胡作非为,胡说八道,既不可以情遣,又不可以理喻,便常常因此而感到说不出的精神痛苦,偶然看到称为"苌楚"的这种植物,枝条长得柔顺多姿而茂盛,嫩枝更是长得光泽焕发,似乎非常得意,这和性情倔强、形容憔悴的诗人恰好成一对照,于是便触发了诗人内心的悲愤,而感到只因为它(苌楚)没有知识,所以它便没有是非,没有廉耻,才能长得这样肥头大耳,神气十足,"忧患皆从识字始",可见没有知识是享福的惟一条件,便不觉唱出来……这便是所谓兴。[1]

周英雄认为,徐复观关于"兴"与其他部分之间,是"未经反省,未经理智安排"的组合的看法,代表了一种海阔天空的自由。他沿着徐复观的解释,以西方语言学的视角为"比兴"提供了一个新的理解角度。雅各布逊根据索绪尔语言和言语的划分,将人类发声成文的过程与体系作了二分法:一是选择(selection)或替代(substitution),二是合并(combination)或接连(contiguity)。周英雄认为,"比"类似于上述的选择或替代,而"兴"类似于合并或连接:

> 赋仅就日常语言加以浓缩或放大;比、兴则牵涉意义的转移,也就是言非所指;至于比兴的区分,比是明指一物,实言他物,是语义的选择或替代,属于一种"类似的联想";兴循另一方向,言此物以引起彼物,是语义的合并和接连。属于一种"接近的联想。"……按照前面的二分法,联想方式也可以分为两类:类似与接连。前者是以甲代乙,也是异中取同。后者是因甲而想乙。甲乙是互相衔接的。兴的联想显然属于后者。[2]

按照上述的分析,我们可以得出总结:"兴"与对应诗句之间,是一种合并的关系,二者组合在一起之后,"兴"句中所写之"物"的寓意是不明确的,模糊的。按照徐复观的话说,"兴"所写之物与对应句义的关系,并不是事先理智安排的,而具有某种因偶然而得到的呼应。二者不可相互替代,而是因为相互叠加,产生了一种鲜活的抒情力,拓展了诗意空间。也就

---

[1] 徐复观:《释赋比兴——重新奠定中国诗的欣赏基础》,见《中国文学精神》,上海世纪出版集团 2006 年,页 27-29;
[2] 周英雄:前揭,页 142-143;

是说，"兴"，是事物、语言和经验之间的相互唤醒，三者的叠加、回响，呈现的是一种内在的自由。而汉语古典诗歌到了明清时期，诗歌语言与所写物之间的关系，很大程度上已经固定了，诗歌中的大部分意象，所指涉的意义，几乎都已经约定俗成。超越这种约定俗成的"偶然呼应"，在失去了鲜活性的文言文中已经很难创造，也就是说，在文言文的汉语诗歌与现实事物之间，已经不能再轻易地建立起大规模的新"偶然呼应"的描写关系，因而，也限制了诗歌语言对经验和想象自由丰富的表达。这正是新诗兴起的诗歌史背景。更何况，近代以来现实事物境况的剧变，已经超过了文言文自身更新的速度，古典诗歌语言系统陷入了"言不称意，意不逮物"的危机。徐复观关于"兴"的"未经反省"的解释，让人想起新诗草创期，周作人关于"兴"与象征类似的看法：

> 新诗的手法，我不很佩服白描，也不喜欢唠叨的叙事，不必说唠叨的说理，我认为抒情是诗的本分，而写法则觉得所谓"兴"最有意思，用新名词来讲或可以说是象征。让我说一句陈腐话，象征是诗的最新的写法，但也是最旧，在中国也是"古已有之"，我们上观《国风》，下察民谣，便可以知道中国的诗多用兴体，较赋与比更要普通而成就亦更好。譬如"桃之夭夭"一诗，既未必是将桃子去比新娘子，也不是指定桃花开时或是种桃树的家里有女儿出嫁，实在只因桃花的浓艳的气分与婚姻有点共同的地方，所以用来起兴，但起兴者，并不是用来陪衬，乃是也在发表正意，不过用别一种说法罢了。中国文学受古典主义（不是拟古主义）的影响，一切作品都像是一个玻璃球，晶莹透彻得太厉害了，没有一点儿朦胧，因此也似乎缺少了一种余香和回味。正当的道路恐怕还是浪漫主义吧，——凡诗差不多无不是浪漫主义的，而象征实在是其精意。这是外国的新潮流，同时也是中国的旧手法，新诗如往这一路走去，融合便可以成功，真正的中国新诗也就可以产生出来了。[1]

周作人在此说的，其实是汉语新诗如何"写物"的问题。他认为，汉语新诗的出路，正在于建立一种新诗中"兴"，也就是说，需要在"写物"的

---

[1] 周作人：《〈扬鞭集〉序》，1926年，见《谈龙集》，河北教育出版社2002年，页41;

物辞与物旨之间，重新建立自由。因此，他说："桃之夭夭不是陪衬"，而是"发表正意"。因为，在桃花的美丽与女子的出嫁之间，是周英雄说的合并关系，而不是相互替代关系。亦即桃花作为物之美，并不能因为与女子出嫁相关而丧失自身的独立意义。恰恰是因为桃花美，让人记住了这首诗的美。关于女子出嫁的诗句很多，恰恰是因为搭上了桃花，这首诗中的女子出嫁，才成为最永恒的"出嫁"。周作人认为，白话文应该建立起一种写物的美，具体地说，即汉语新诗必须建立起自己描写新的经验和事物的自由传统和词语魔术，建立起新的"写物"之辞，与新的物外之"意"契合，以新的、敞开的形式来安排事物和经验的秩序。上世纪30年代，在诗人梁宗岱与美学家朱光潜之间，也曾经有过对此的争论。梁宗岱批评朱光潜把象征与"比"混淆，并指出，"兴"与西方诗学中的象征很相像："象征之道，也可以一以贯之，曰，'契合'而已。"[1]这与后来的学者周英雄说的"接连"或"合并"比较相近。梁宗岱以《山鬼》和《橘颂》为例，认为《山鬼》是象征，因为它激发读者的想象，而《橘颂》是寓言，因为作者将自己的品质和德行赋予橘树，而使之含义有限而易尽。橘与诗人的理想人格写照之间，是可以相互替换的，而山鬼却不能与某种"经过理智反省"的意旨之间相互替换。

由此我们大致可以说，"比"和"兴"开启了中国古典文学中两种对于物的不同的描摹态度。前者成为诗歌政教传统的修辞学基础，而后者则一直是诗歌创造的原动力，在后面的分析中我们将证明这一点。比是固定的物我关系，而"兴"，在脱离了神话和宗教意义之后——按照人类学家斯特劳斯（Levi Strauss）的理解，依然作为一种"野性的思维"，如公园保存着自然界一样，保存在我们的艺术思维中[2]，不断促成物我之间充满惊讶的遭遇和共鸣。这是一种心与物之间的自由回响，是一种想象的自由，也就是诗意的自由，我们甚至可以说，这是对人神共处的自由状态的永不厌倦的模仿。这种自由带来的，是历代对它的解释纷纭难定，莫衷一是。这样的"兴"，不就是现代汉语新诗追求的一部分么？弗莱（Northrop Frye）对诗歌修辞的精妙描述，也可以支持我们的上述总结："诗歌创造是修辞的一种联想过程，其大部分隐伏在意识的表层之下，是有一系列双关语、音响环链、含糊其辞的意义联系及颇似梦幻的依稀回忆构成的混沌之物。"[3]现代汉语新诗重新

---

[1] 梁宗岱：《梁宗岱批评文集》，李振声编，珠海出版社1998年，页59；

[2] [美] 列维·斯特劳斯：《野性的思维》，李幼蒸译，商务印书馆1997年，页249；

[3] [加] 弗莱：《批评的解剖》百花文艺出版社2008年，陈慧、吴伟仁译，页401；

命名事物所要表达的,正是在一个新的语境下,词与物之间的结构性悖论。

"君子"的更替

　　大致讲述了"比兴"传统的现代阐释,以及它与现代汉语新诗愿景之间的对接情况后,我们回头细读《风雨》的阐释遭遇,将它作为展示这一对接的生动案例。由于"兴"中暗示性的"模糊",诗中物理与人情,物性与寓意之间往来的锁链,时常会因为不同的阐释而变形。我们可以看到,在历代对《风雨》一诗的阐释中,阐释者都力图通过确定"君子"的身份,将"兴"句和其后的对称句之间的关系稳定下来,同时也稳定全诗的意义,这一个过程,就是将模糊而充满歧义的"兴"固定为"比"的过程,即确定"风雨鸡鸣"最终比附什么的过程。而稍稍梳理此诗的诠释史,就会发现,"君子"的指称显然处于变动不居的状态。每一代阐释者,都必须重复一遍上述的固定过程。"君子"的不同身份对称的不同诗意指向,显示了诗歌阐释与象征之间的永恒矛盾,也显示了"兴"的无穷魅力。

　　迄今为止,对《诗经》作品的最早释义基本上只能见于先秦时期零星的引"诗"之文中。经历过各种意识形态洗礼的"诗三百",到此时期已经形成公认的读"诗"方式。比如《左传·襄公二十八年》云:"盧蒲癸曰……赋《诗》断章,余取所求焉,恶识宗!"这里表达了一个在后世不断被复述的困惑:诗经的最初写作意图已经没法被准确地揣度了。这种困惑让人想起《庄子·天道》中对类似问题的焦虑,他讲述了轮扁与桓公之间的一段对话:

　　桓公读书于堂上。轮扁斲轮于堂下,释椎凿而上,问桓公曰:"敢问,公之所读者何言邪?"

　　　　公曰:"圣人之言也。"
　　　　曰:"圣人在乎?"
　　　　公曰:"已死矣。"
　　　　曰:"然则君之所读者,古人之糟魄已夫!"
　　　　桓公曰:"寡人读书,轮人安得议乎!有说则可,无说则死。"
　　　　轮扁曰:"臣也以臣之事观之。斲轮,徐则甘而不可,疾则苦而不入。不徐不疾,得之于手而应于心,口不能言,有数存焉于其间。臣不能以喻臣之子,臣之子亦不能受之于臣,是以行年七十而老斲轮。古之人与其不可传也死矣，然则君之所读者，古人之糟魄已夫！"

这种对创作之原始意图不能探知，艺术之精妙不能通过文字传递的焦虑，在西方文学中也是常见的。比如，美国作家爱伦·坡（Edgar Allan Poe）曾对此有一段经典的论述：

> 读书的你还活在人世中，可是，写书的我，却早以走入了幽暗的国度。因为，异像的确会发生，而秘密终将为人所知，在这些纪念品被人们发现以前，数世纪的光阴将会逝去。当人们看见后，有人会不相信，有人会感到怀疑，只有少数几个人，会对这些钢笔尖划出来的人物，反复地思量。[1]

爱伦·坡精神在法语中的发扬光大者波德莱尔也说，"虚伪的读者，我的兄弟！"[2] 表达了对语言阅读行为的不信任。在庄子看来，要通过语言文字来接近圣人之意，是不可能的，他说："悲夫，世人以形色名声为足以得彼之情！夫形色名声果不足以得彼之情，则知者不言，言者不知，而世岂识之哉？"（《庄子·天道》）同样，诗歌作为语言，它与语言背后的意义之间关系的不稳固性，已经很早就被意识到了。读者，也包括春秋战国时期的赋诗者，已经不能读出"诗"的原初含义，只能依据自己的需求作意义上的取舍，如爱伦·坡的愿望那样，只有一些词句中的形象为后人"反复思量"，"断章取义"。这正是诗歌阐释学要为诗辩护，不断建立语言与世界之间创建关系的重要起因。诗歌必须有某个意义传递下去，但是，如庄子和爱伦·坡所说的那样，语言与意义之间的关系却是不稳固的，语言直接表达的，未必就是说者想要表达的；语言传递的，未必是写者的本质意图。

许多学者都对《诗经》阐释传统中的这种不稳固性做了描述，并指出这一悖论性处境是如何导致另一种诗歌语言及其背后意义之间的关系模式形成的。近人顾颉刚对此描绘如下："'断章取义'式赋诗的惯例，赋诗的人的心意不即是作诗的心意。"[3] 朱东润也说："朝聘盟会之礼行，赋诗者断章取义以见其志，此春秋间事也"。[4] 诗歌作为一种雅言，在春秋时期承载着表

[1] [美]爱伦·坡：《影子寓言》，见《爱伦坡的诡异王国》，中国对外翻译出版公司 2000 年，页 312；

[2] [法]波德莱尔：《恶之花》序诗，郭宏安译，漓江出版社 1992 年，页 5；

[3] 顾颉刚：《诗经在春秋战国间的地位》，见《古史辨》第三册，上海古籍出版社 1982 年，页 332；

[4] 朱东润：《诗三百探故》，云南人民出版社 2007 年，页 9；

达个体之"志"的功能,因此,孔子说:"不学诗,无以言",并以此教导弟子。顾颉刚对孔子的赋诗观如下分析道:"子贡子夏不过会用类推的方法,用诗句作近似的推测,孔子已经不胜其称赞,似乎他最欢喜这样用诗。这样的用诗,替它立了一个题目,是'触类旁通'。春秋时人的赋诗已经会得触类旁通了;在言语里触类旁通的,别的地方似乎没有见过,或者他是开端。经他一提倡之后,后来儒家就很会这样用了"。[1] 引"诗"言志,成为先秦时期政治话语中言之有"文"的重要标志,其中也似乎含有对诗歌的一种古老的理解:"诗"似乎能含蓄而精微地表达咏者之"志"。因此,在交往中咏诗,就要求咏者和听者必须在"诗"的字面意义下进行一场心思的博弈,最后达成某种隐蔽的一致,以到达实施社会伦理的目的。这正是孟子"知言"的理想:

> "何谓知言?"曰:"诐辞知其所蔽,淫辞知其所陷,邪辞知其所离,遁辞知其所穷。"(《孟子·公孙丑上》)

尽管孟子如此强调人可以通过养浩然之气穿越语言的障碍——类似庄子说的"形色名声",来抵达"志"。但是我们仍然发现,上述这种诗歌功能的形成,与庄子的描述的境况一致:赋诗言志者只能够以诗作为语言的"形色名声"来表达自己的"志"。如此一来,赋诗言"志"这个动作的主语,也就是动作的发出者,可能就决定着"志"的意义指向。而作为语言的诗歌本身,却如一个铁打的营盘,面对着流水般的赋诗者、读者、阐释者来不断说出自己的言外之意,面对由自身引出的各种意义的产生、更替和消失。《风雨》一诗经历的,正是这样一个沧桑的过程。历经读者的千军万马,它的"形色名声"依然是最有诱惑力的部分。

据闻一多查证,《风雨》一诗在《左传·昭公十六年》中最早被引用。其时晋国大臣韩起到郑国访问,晋国乃大国,韩起亲临郑国,是为了消除谗言,核实郑国是否效忠晋国。访问结束后,郑国六卿在郊外为韩起饯行,宴会上,郑国的子游赋了《风雨》,子旗赋了《有女同车》,子柳赋了《萚兮》,表达了郑国的友好的意愿。韩起很高兴地说:"郑其庶乎!二三君子以君命贶起,赋不出郑志,皆昵燕好之辞也。二三君子,数世之主也,可以无惧矣。"[1] 这正是"不学诗,无以言"的现身说法,也是《风雨》的诗意移为他用的

---

[1] 顾颉刚:《诗经在春秋战国间的地位》,见《古史辨》第三册,页 347;

最早、最典型的例证。到战国时期，孟子的解诗观念"不以文害辞，不以辞害志，以意逆志，是为得之"将诗的意义空间明确分为"意"和"志"两个层面，已然是后世诗经学家所谓"微言大义"的阐释法则之滥觞。不管孟子之"意""志"论是否想表达诗歌语言陈述的事物与诗歌隐喻空间之间的张力，这种观念显然被后来者修正了。如朱东润认为的那样，《诗》与诗之间的差异被后世忽略了："及朝聘盟会之礼既废，赋诗之事不作，于是秦、汉间之论师，乃既诗推诗人之志，此其所谓诗言志者已与春秋之习尚大异。"[2] 汉初毛诗对《风雨》的理解，想必是总结了此前该诗在雅言用途中的比喻义，毛氏认为此诗的喻义如下：

思君子也。乱世则思君子，不改其度焉。[3]

毛氏强调了此诗的喻义——孟子说的"志"；却没有解释诗的字面意义结构——即孟子说的"意"。也就是说，诗中"比"的关系——所写之物到底表达了什么——得到了强调，而"兴"部分在"比"的关系固定之后，就只剩陪衬之用了。字面意义结构包括了比兴的关系布局，"微言"则恰恰是比兴构建起来的词语呈现形态。以诗经为政治雅言的风尚，导致鸠占鹊巢，诗之"意"或"微言"的内在流动性被固定的"志"或"大义"强行遮蔽，形成了汉儒读诗的垄断性原则。对汉儒这种有时候甚至完全脱离诗歌字面意义而寻求"大义"的做法，朱自清有较为精准的论述："'诗三百'原多即事言情之作，当时义本明。到了他们手里，有意深求，一律用赋诗言志引诗的方法去说解，以断章之义为全篇之义，结果自然便远出常人想象之外了。"[4] 此后，我们可以看到，即使到儒家纲维松弛，文学观念自觉的南北朝时期，毛诗对《风雨》的理解仍然影响不绝。对此，王先谦在《诗三家义集疏》中作了集中归纳：

广弘明集云："梁简文帝于幽絷中，自序云：'梁正士兰陵萧纲立身行己，始终如一，风雨如晦，鸡鸣不已'。非欺暗室，岂况三光。数至如此，命也如何。南史袁粲传：'粲峻于仪范，废帝倮之，粲雅步如常，

---

1 闻一多：《风类诗钞乙》，《闻一多全集》第四卷，湖北人民出版社，页 508；

2 朱东润：《诗三百探故》，云南人民出版社 2007 年，页 9；

3 孔颖达：《毛诗正义·风雨》，北京大学出版社 1999 年，集体标点本；

4 朱自清：《诗言志辨》，广西师范大学出版社 2004 年，页 53；

> 顾而言曰：风雨如晦，鸡鸣不已'。吕光遗杨轨书曰：'临霜不凋者松
> 柏也，临难不移者君子也。何图松柏凋于微霜，而鸡鸣已于风雨'。文
> 选陆机演连珠云：'贞乎期者，时累不能涅，是以迅风陵雨，不谬晨禽
> 之察。'皆与此意正合。"[1]

梁代刘孝标在《辩命论》中也说：

> 诗云："风雨如晦，鸡鸣不已。"故善人为善，焉有息哉。[2]

　　这个时期对《风雨》一诗运用，虽因文化风尚的影响而偏于品藻人物之
用，但基本上依据毛诗所解之义。毛诗将"风雨鸡鸣"理解为处于危难或困
境中的君子奋力抗争、自强不息的象征，至南朝时期，这一象征意义被具体
化为君子慎独修身，特立独行之寓意。《左传》中"昵燕好之辞"所强调的，
似乎尚与此诗指陈的事物直接相关，也就是孟子说的"意"。但从汉初到南
北朝，"意"层面的内容很大程度上臣服于"志"和"大义"。直到朱熹在《诗
经集传》中对《风雨》一诗的解读，才脱去毛诗解读的影响。因为在朱熹之前，
从汉代到唐代的《诗经》阐释者，都相信《诗经》中的每一首诗都灌注了权
威删定者孔子的阅读意图，他们认为对《诗经》的理想阅读效果，就是把握
这个孔子已经读出的神圣意图。对于《风雨》亦然。[3]
　　朱熹力图重新展示诗本身所描写的对象，他认为这是一首描写男女淫奔
的诗：

> 淫奔之女言当此之时见其所期之人而心悦也。[4]

　　朱熹与毛氏在诗的言外之意与本义之间发生了分歧，毛意在制造此诗周
围缭绕的意义漩涡，而朱则力图还原诗本身描绘的事物和情境，二者孰对孰
错，成为后代各家诗经阐释学争论不休的问题。"言外"之意与"言内"之
意之间的分歧，不止是阐释学所面临的悖论，更是一种意识形态纷争。至清
代，以"原诗人始意"为志向的方玉润在《诗经原始》中对朱熹的理解有所

---

[1] 王先谦：《诗三家义集疏》;，中华书局 1987 年，页 364;
[2] 《刘孝标集校注》，罗国威校注，学苑出版社 2003 年，页 90;
[3] 宇文所安：《中国文论：英译与评论》，王柏华等译，上海社会科学出版社 2003 年，页 506;
4 朱熹：《诗经集传》卷四

纠偏,也对毛诗提出了批评:

> 此诗自《序》《传》诸家及凡有志学《诗》者,莫不以为"思君子"也。独《集传》指为淫诗,则无良甚矣,又何辩耶?且郑本国士大夫相互传习,燕享之会,至赋诗以言志,使真其淫,似不必待晦翁而始知其为淫矣。独《序》以为风雨喻乱世,遂使诗味索然,不可以不辩。夫风雨晦冥,独处无聊,此时最易怀人,况故友良朋,一朝聚会,则又可以促膝谈心。虽有无限愁怀,郁结莫解,亦皆化尽,如险初夷,如病初瘳,何乐如之!此诗人善于言情,又善于即景以抒怀,故为千秋绝调也。若必以风雨喻乱世,则必待乱世而思君子,不与乱世则不足以见君子,义旨非不正大,意趣反觉索然。故此诗不必定指为忽、突世作,凡属怀友,皆可以咏,则意味无穷矣。
>
> 【眉评】:深宵风雨,联床话旧,不觉情亲,晓尤未已。[1]

方玉润更加相信,《风雨》所写,既非乱世之君子,也非淫奔之女见其君子的喜悦,而是友人久别重逢,夜里联床话旧,晓犹未已的忘情境界。

上述三种相互分歧的理解,基本上囊括了《风雨》一诗被赋予的几种主流的诗意指向。为了方便分析,我们简单地将毛诗的解读称为政治 / 道德话语,将朱熹的解读称为情色话语,将方玉润的解读称为知音话语。这三种诗意空间在不同时期不同语境中的彼此消长和交汇,造成了《风雨》一诗的诗意含混。毛诗的理解主要强调比"意"更"深入"的"志",在结构上,毛诗中"思"的动作发出是贤能的君王,意为乱世之中,贤能的君王尤思念君子辅助。而朱熹和方玉润的理解,则更强调"意"的层面。对产生分歧的细因,不是此文着意讨论的,上述的线条式的简单梳理,只是为如下问题作一个铺垫:从五四前后开始,围绕《风雨》一诗的三种诗意话语在"新文学"的语境中发生了什么样的演变和脱轨?如此的演变和脱轨是如何重新利用古典的诗意阐释资源的?

---

[1] 方玉润:《诗经原始》,中华书局 2006 年,页 220;

"比"的延续

我们不必为此惊奇：即使有从晚清西人入侵到五四运动造成的巨大断裂，分崩离析的历史板块之间，依然有潜在的延续。我们只要看看毛诗界定的《风雨》的意义仍然继续为新的时代所用，就能理解，诗歌的意义指向与其附加意义之间的互换，一直在支撑着诗歌的社会功能。即使到了十九世纪末二十世纪初，也并非所有人都同意朱熹和方玉润对《风雨》的理解。近代以来，毛诗中对《风雨》的释读，常是许多主流知识分子援引此诗的缘由。著名的"诗界革命"者黄遵宪在其《日本国志书成志感》一诗云："频年风雨鸡鸣夕，洒泪挑灯自卷舒。"[1] 1902 年，二十一岁的鲁迅写下了他著名的《自题小像》，其中两句用了《风雨》的典故："灵台无计逃神矢，风雨如磐闇故园。"[2] 1906 年，李叔同在日本感慨故国民气不振，人心已死，挥笔赋七绝，其中也写到了风雨："故国荒凉剧可哀，千年旧学半尘埃。沉沉风雨鸡鸣夜，可有男儿奋袂来？"[3]

在民族危机日益深重的年代，毛诗在《风雨》中读出的君子形象，振奋了当世知识分子的内心秩序，他们以一个大写的自我，在风雨鸡鸣之夕，思念着"君子"或"男儿"奋袂而来——很多时候，这就是他们对自己的期待。1926 年蔡璜撰《风雨鸡鸣录》，也以"风雨鸡鸣"的情景命名自己的作品，以此作为大时代与个体之间关系的象征。郭沫若在二十年代初的《星空·归来》中，写下这样充满民族情绪的诗句："游子归来了，在这风雨如晦之晨，游子归来了！"[4] 也不脱此意："大写"的自我或者国家，替代了毛诗《风雨》中的主语"君王"，形成了《风雨》的另一种比喻意义。三十年代后期，阿英在"孤岛"上海创办风雨书屋，书屋的图案为一公鸡，也取了毛诗所理解的"风雨如晦，鸡鸣不已"之意，他自己抗战期间的作品亦以"魏如晦"的笔名发表。无独有偶，1937 年徐悲鸿作了《风雨鸡鸣图》，成了当年《良友》画报某期的封底。这幅画里，一只红色的公鸡顶着晦暗和风雨，立于一块巨石上昂首长鸣。以南社名世的柳亚子也曾经多次借助毛诗《风雨》解的典故：

---

[1] 黄遵宪：《人境庐诗草》，钱仲联笺注，上卷，上海古籍出版社 1981 年，页 443；
[2] 鲁迅：《鲁迅散文诗歌全编》，人民文学出版社 2006 年，页 624；
[3] 李叔同：《悲欣交集》，北京大学出版社 2010 年，页 18；
[4] 《郭沫若全集》文学编 1，人民文学出版社 1982 年，页 207；

　　北望中原涕泪多，胡尘惨淡汉山河。盲风晦雨凄凄夜，起读先生正气歌。(《七绝·题张苍水集》)

　　东南义旅纵横日，三户亡秦古有之。岂料楚氛终退舍，居然胡运尚乘时。

　　黄龙杯酒盟犹在，白马清流悔已迟。风雨中宵雄鬼泣，挑镫掩卷一沉思。(《吊刘烈士炳生·其一》)[1]

作家郁达夫也曾把自己的居所命名为"风雨庐"，其中也包含了知识分子的与家国处境关系象征。这里有趣的是，他们不约而同地把诗中"鸡"理解为公鸡，似乎只有"公鸡"的鸣叫，才能与知识分子的民族情绪相匹配，才可以与因家国之痛而来家国心愿相匹配。在时间上，他们也愿意把此诗中的时间理解为黎明之前的黑夜。明末清初的诗经学者姚际恒对此诗场景发生的时间有过令许多人信服的论证：

　　"喈"为众声和，初鸣声尚微，但觉其众声和耳。再鸣则声渐高，"膠膠"；同声高大也，三号之后，天将晓，相续不已矣；"如晦"，正言其明也。惟其明，故曰"如晦"。惟其"如晦"，则"凄凄"，"潇潇"时尚晦可知。[2]

　　在上述例子中，"风雨鸡鸣"发生的时间和鸡的性别，基本上与姚际恒的解释一致。而姚际恒所处的晚明至清初时期，正是民族危机和社会苦难深重的时期，知识分子作为"乱世君子"而继承毛诗《风雨》精神，庶几可以理解。现代学者陈子展在解释此诗时，有一句自白性的话："《风雨》一诗曾经鼓励了历史上多少人物不向困难低头，不向敌人屈膝，又教育了多少人为善不息。"[3]一定还有更多的例子表明，他们这一代中的许多知识分子常以风雨鸡鸣来形容自己的处境，相互勉励。而与这一脉络呼应的，是庞大的左翼文学话语和民族主义文学话语。郭沫若1949年后出版的诗集名为《雄鸡集》，自诩为共和国黎明报晓的雄鸡。上世纪50年代末，北京人艺重演《名优之死》，田汉给演刘振声的演员童超一首诗中有两句如下："只缘风雨鸡鸣苦，终得东方灿烂明"。[4]这些，都是对毛诗《风雨》解的继续，当然，也与时俱进地把民族国家的苦难与个人境遇镶嵌其中。

---

1 柳亚子：《柳亚子诗选》广东人民出版社1981年，页8、页48；
2 姚际恒：《诗经通论》，中华书局1958年顾颉刚标点本，页110—111；
3 陈子展：《国风选评》，上海古籍出版社1989年，页229；
4 屠岸：《回忆田汉与曹禺》，见《当代》2009年第6期，页217；

"兴"变

与上述阐释脉络并行,《风雨》一诗在现代还有另一与方玉润接近的阐释传统,但这一传统发生了突变。近人孙星衍写过一副对联:"莫放春秋佳日过,最难风雨故人来。"柳亚子在上海重逢南社故友朱少屏、沈道非时写的怀人诗如下:"鸡鸣风雨故人稀,几复风流事已非。回首天涯唯汝在,相逢朱沈倍依依"(《海上题南社雅集写真》其二)[1]。这里的风雨故人,就比较接近方玉润的解读,是一种带有私密性的知音话语。

然而,毕竟有人脱略了毛诗和方玉润樊篱。比如,王国维读出了此诗表现的情绪的复杂性:

> "风雨如晦,鸡鸣不已。""山峻高以蔽日兮,下幽晦以多雨。霰
> 雪纷其无垠兮,云霏霏而承宇。""树树皆秋色,山山尽落晖。""可
> 堪孤馆闭春寒,杜鹃声里斜阳暮"。气象皆相似。[2]

在现代作家中,周作人一直保持着阅读《诗经》及相关注疏的兴趣,在他不同时期的许多文章中,都谈论过《诗经》,尤其对《风雨》一诗情有独钟。1935年11月,周作人在《大公报·文艺副刊》上发表的《郝氏说诗》一文中表达了对清代山东学者郝懿行的夫人王照圆的赞赏。他认为郝夫人解诗能体察物理人情,有解颐之妙,并几次引用载于郝懿行《诗问》及《诗说》的她的若干解诗片语。其中,郝氏夫妇对《风雨》一诗的注释如下:

> 寒雨荒鸡,无聊甚矣,此时得见君子,云何而不平。故人未必冒雨
> 而来,设辞尔。《风雨》,瑞玉曰,思故人也。风雨荒寒,鸡声嘈杂,怀
> 人此时尤切。或亦夫妇之辞。[3]

如果我们将王照圆的解释与周作人1923年11月《〈雨天的书〉序》一文中所描绘的情境对照的话,就会发现,周作人关于雨的这段妙文,似乎

---

[1] 柳亚子:《柳亚子诗选》,前揭,页53;
[2] 王国维:《人间词话》,见《王国维文学论著三种》,商务印书馆2010年,页30;
[3] 周作人:《苦竹杂记》,河北教育出版社,2002年版,页139~144;

不过是将王照圆的理解写成白话而已，只是不知周作人是否在此前就读过王照圆女士的解读。他写道：

> 今年冬天特别多雨。因为是冬天了，究竟不好意思倾盆的下，致使蜘蛛丝似的一缕缕的洒下来。雨虽然细得望去都看不见，天色却非常阴沉，使人十分气闷。在这样的时候，常引起一种空想，觉得如在江村小屋里，靠着玻璃窗，烘着白炭火钵，喝清茶，同友人谈话，那是颇愉快的事。不过这些空想当然没有实现的希望，再看天色，也就愈觉得阴沉，想要做点正经的工作，心思散漫，好像是出了气的烧酒，一点味道都没有，只好随便写一两行，并无别的意思，聊以对付这雨天的气闷光阴罢了。

我们若将周作人悟雨的文段都摘来一读，或许会更能同意他与王照圆的隔代相知。1924 年，他在北京给孙伏园写信，曰《苦雨》，其中也颇有王照圆解读的《风雨》式的诗意结构：

> 但这只是我的空想，如诗人的理想一样靠不住，或者你在骡车中遇雨，很感困难，正叫苦连天也未可知……[1]

周作人说的"空想"，正与王照圆说的"设辞"同妙。他在民国甲申年八月写的《雨的感想》中又写道：

> 秋季长雨的时候，睡在一间小楼上或是书房内，整夜听雨声不绝，固然是一种喧嚣，却也可以说是一种萧寂，或者感觉好玩也无不可，总之不会使人忧虑的。吾家濂溪先生有一首《夜雨书窗》："秋风扫暑尽，半夜雨淋漓。绕屋是芭蕉，一枕万响围。恰似钓鱼船，蓬底睡觉时。"[2]

在上述不同时期写下的几段话中，周作人体悟到雨天的"寂寞"与雨天幻想的"愉快"、"好玩"之间的悖论，以上述这些颇为独特的情怀，对照他

---

[1] 周作人：《泽泻集·过去的生命》，河北教育出版社 2002 年，页 31；
[2] 周作人：《立春以前》，河北教育出版社 2002 年，页 26；

对《风雨》一诗的理解，就发现，周作人认同的，只是一位留下只言片语的
女性。他欲以这样的资源，来解构古典《诗经》阐释学中各种"比"的主流
传统，从而回到诗经中的"兴"的广阔天地之中。按王照圆的理解，风雨故
人介乎来与不来之间，甚至只是诗人的"设辞"，也有可能是"夫妇之辞"，
在她看来，一首诗可以蕴含不同可能性的情景，可以有内在的分歧，这得到
了周作人的共鸣。在周作人诸多"苦雨"的文字中，我们可以看到这种融合
诸多可能性的悖论修辞的呈现。这种悖论修辞的包容性恰恰是汉语白话文
学要重新建立的，新文学草创期暂时的不足和远大的希望所在，恰如一句诗
中呈现的悖论情境："身体的孤寂／空旷得能盛下好几个身体"。[1]

相较之下，闻一多对《风雨》的理解就比较单一化，近似朱熹的理解：

> 风雨晦暝，群鸡惊躁，妇人不胜孤闷，君子适来，欣然有作。[2]

周作人对王照圆在《风雨》一诗中发现的悖论性的诗意修辞的理解和
张扬，是前所未有的。周作人"苦雨"之"雨"，是大时代与个体存在境遇
的交错象征，更是排除已经石化的重重"比"的障碍，重寻白话汉语诗性空
间的努力，从这个意义上来说，"苦雨"是一个极端的诗学姿态。

在闻一多的解释中，意义是单维的，既说明是"妇人"，也说明了"君
子适来"。这样一来，《风雨》就浅白无味，没有了周作人追求的"文学的"、"诗"
的解释。关于如何读《诗经》，周作人有比较鲜明的看法，1936 年 11 月在《读
风臆补》一文中说：

> 我们读《诗经》，一方面固然要查名物训诂，了解文义，一方面也
> 要注重把他当作文学看，切不可奉为经典，去里边求教训。不将三百
> 篇当作经而只当作诗读的人自古至今大约并不很多，至少这样讲法的书总
> 是不大有……郝岚皋以经师而能以文学说诗，时有妙解，亦是难得。[3]

在这里，我们要特别注意以"文学"和"诗"的角度来解释《诗经》所
独具的意义。近代以来，古已有之的"《诗经》出自民间说"慢慢被转换为

---

[1] [以色列] 耶胡达·阿米亥（Yehuda Amichai）:《耶胡达·阿米亥诗选》（上），傅浩译，河北教育出版社 2002 年，页 194；
[2] 闻一多：《风诗类钞乙》:（《闻一多全集》第四卷，湖北人民出版社 2000 年，P508；
[3] 周作人：《秉烛谈》，河北教育出版社 2002 年版，页 12~13；

"人民性"，与白话文运动差不多同时期开始，很多人都有过将《诗经》翻译成白话的尝试。比如郭沫若、李长之等，这种尝试很大程度上与《诗经》的"人民性"阐释有关。在上世纪二十年代顾颉刚发起的"古史辨"运动中，对《诗经》国风部分的解释也已经偏向其"民歌性"。[1]

三十年代后期至四十年代，民间文艺成为革命文学的重要资源之后，《诗经》被赋予更多"人民性"，只有少数学者从学术的角度说明《诗经》国风作者的非"人民性"，但这种观点始终没有被普遍接受，而背后的原因很大程度上是非学术的。[2] 与此并存的，是许多知识分子将"风雨鸡鸣"作为自身处境的写照。

那么，将《风雨》作为文学来读，就显得不一样了。除周作人以外，废名、林庚也对此诗提出过有趣的理解。在1930年10月《骆驼草》22期连载的《莫须有先生传》第十章中，莫须有先生梦中吟唱"风雨如晦，鸡鸣不已"的句子。[3]1937年，他又在一篇名为《随笔》的小文中写出了对《风雨》的理解：

> 梦到鸡塞去了一趟，醒来乃听见淅淅沥沥的下着雨，于是就写着细雨梦回鸡塞远，就是时间与空间说，细雨与梦回也没有因果关系，大约因为窗外细雨，梦回乃有点不相信的神情罢了。实在细雨梦回乃是兴之一体，比"风雨如晦，鸡鸣不已"更为诗中有画……[4]

四十年代，林庚也有《风雨如晦，鸡鸣不已》一文，其中就此诗有一段长文：

> 鸡为什么叫？我们当然不知道，但它总是这样地叫个不停，便觉得有点稀奇，这时你才知道"如晦"的影响之大。真要是四乡如墨，一盏明灯，夜生活的开始，也就进入了另一个世界。偏是不到那时候，偏又像到了。于是，一番不耐烦的心情，逼着你不由焦躁起来。这是一片灰色的空虚，一点失望的心情，忽然有人打着伞来了。诗云："最难风雨故人来"，何况来的不只是故人，他是君子，他乃是"有女怀春，

---

[1] 参阅《古史辨》第三册，顾颉刚、钟敬文、刘大白等的文章和通信，页 658–694；

[2] 参阅朱东润于1933年在武汉大学文哲季刊发表的《国风出于民间论质疑》，见《诗三百探故》，云南人民出版社2007年，页1–45；

[3] 王风编：《废名集》第二卷，北京大学出版社2009年，页739；

[4] 废 名：《废名讲诗》，华中师范大学出版社2008年，页378；

吉士诱之"的吉士,并不是什么道学先生。那么能不喜吗?然则到底是君子不来,所以才觉得"风雨如晦,鸡鸣不已"呢?还是真是风雨阴沉,鸡老不停地在叫呢?这笔帐我们没法子替他算,诗人没有说明白的,我们自然更说不明白,然而诗只四句,却因此有了不尽之意,何况君子既来之后,下文便什么都不说。以情度之,当然没有什么可说的;以诗论之,却又回到风雨鸡鸣上。何况他们即使说了些什么,也非我们之所能知。而你若解得,此时一见之下,早已把风雨鸡鸣忘之度外,一任他们点缀了这如晦的小窗之周,风雨鸡鸣之所以便成为独特的景色。人无意于风雨鸡鸣,而风雨鸡鸣,却转而要有情于人。我们从上面读到这里,"既见君子,云胡不喜"二句愈来愈和我们没有关系。而再读三读,便似"雪狮子见了火",渐渐融化得没有了,只留下鸡不停地在叫,风雨不停地在吹打。我们现在来欣赏这诗时,相会的人儿已经是古人,相会的地方已不可再指出,却是昔日的风雨鸡鸣依然独在。[1]

林庚的解读就将"风雨如晦,鸡鸣不已"的悖理性解释得比较通透了:正是因为其中的悖理,使得诗句有了不尽之意,使得"风雨鸡鸣"脱离里了诗歌的原发地,遗世独立,不被束缚于诗作编织的意义框架,成为一首超越时间的诗:"单首诗作具有多个彼此超越的意义层面,其中最后一个层面最终成了几乎无法理解的意义的可能性。"[2]

这里,我们要回到周作人关于《诗经》另一首诗的论述:

　　植物中间说到桃树,似乎谁都喜欢。第一便记起《诗经》里的"桃之夭夭",一直到后来滑稽化了,作为逃走的一种说法。《诗经》里原来说,"桃之夭夭,灼灼其华",又云"其叶蓁蓁",末了云"有蕡其实",可见花叶实都说到的,但后来似乎只着重在结的桃子了。

　　在果子中间,最为人所喜欢的,只有这桃子,我们只看小孩儿和猴子,在图画里都是捧着一个桃子,却不是什么苹果和梨,这就可以知道了。讲到桃子的味道,的确似在百果之上,别的不说,它有特别一种鲜味,是他种果品所没有的。水蜜桃在桃类不算顶好。因为那种甜美还

---

[1] 林庚:《风雨如晦,鸡鸣不已》,《唐诗综论》,清华大学出版社 2006 年,页 212—213;

[2] [德] 胡戈·弗里德里希 (Hugo Friedrich):《现代诗歌的结构:十九世纪中期至二十世纪中期的抒情诗》,李双志译,译林出版社 2010 年,第 82 页

是平常。记得小的时候吃过什么夏白桃，大个白里带红，它特别有一种爽口的鲜甜味，是桃子所特有的，这令我至今不能忘记。还有一种扁形的，乡下叫它做蟠桃，也有特殊的风味。说到蟠桃，不知那种传说是怎么来的，说九千年结实，吃了可以长生不老，但也可见古人对于桃子的重看了。

陶渊明作《桃花源记》，虽说实有其地，历叙年代地方，当后世人读了，仿佛有一股仙气。他写景色，"忽逢桃花林，夹岸数百步，中无杂树，芳草鲜美，落英缤纷"，特别处理。也是讲桃花的，该非偶然。[1]

在这篇文章里，周作人强调了《桃夭》一诗中花和叶本身的美的重要性，并以陶渊明对"桃夭"的呼应，来说明《桃夭》一诗中"桃之夭夭"本身不依赖于果实的美。其意图显然是说，《诗经》之美在于起兴部分自在的丰富性和不确定性，而后人强调了"果实"亦即被确定的寓意，致使桃之夭夭本身的"仙气"丧失了。在著名的《中国新文学源流》中，周作人在论述宗教与文学的差别时也意味深长地说过：

譬如在夏季将要下雨的时候，我们时常因天气的闷热而感到烦躁，常是经不住地喊道："啊，快下雨吧！"这样是艺术的态度。道士们求雨则有种种仪式……他们是想用这种种仪式以促使雨的下降为目的的。[2]

在这里，周作人强调艺术的无目的性，事实上与对强调"兴"出于一辙，道士求雨的种种仪式及其目的，则正是"比"的另一种化身。这与他、废名和林庚强调"风雨如晦，鸡鸣不已"这一情景本身的丰富和不确定一样。他们在古老的《诗经》中，重新发现了一片扔弃一切"比"之后留下的可供无限书写的诗意空白，回到了"兴"原初的无限性，回到诗歌对物的直接摹写和命名——"诗所特有的材料是可信的不可能"[3]，如维柯早就说过的。这种突变性的作为，预示着一种新的诗意发端。《诗经》在历代连篇累牍的注疏堡垒外重获的诗意空白，也将有待新文学的肆意抒写。

---

[1] 周作人：《木片集》，河北教育出版社 2002 年，页 76-77；

[2] 周作人：《儿童文学小论 中国新文学的源流》，河北教育出版社 2002 年，页 14；

[3] [意] 维柯（G. B. Vico）：《新科学》，朱光潜译，人民文学出版社 1987 年，页 167；

　　而让我们久难忘怀的是，这一与民族主义情绪并行的别样诗意，却是来源于一位几乎被忘记的女性——当然只有五四对"人"的新发现，才能让她复活，不但复活一种过去，也将复活一种未来。她的理解在这样一群现代男性知识分子中获得的共鸣，让他们得到一种表达现代孤独的古典方式，让他们适时"回到冥思的房内，不要到骚乱的运动中和被称作'兄弟友爱'的自身出卖中去寻找幸福。"[1]也因此类共鸣，预示着承载新的心灵与现实世界的新诗歌的伟大诞生——即使它必将面临各种新的意识形态的笼罩，面临着更独霸的象征力的侵蚀。

　　于是，夜晚的诗学已经发生变革：当夜晚出现在穆旦笔下，已经变得寒冷，风雨鸡鸣之声已经消失。诗人笔下不再有"红泥小火炉"的温暖和孤单，而是连续抛出了两个问号。不远之处祖先睡了，故事讲完了，灰烬尚在，一切旧的器具，正在承受着雪花的飘落，这些，似乎就是汉语新旧诗之间递进、博弈、对立和宽容的象征：

　　　　火熄灭了么？红的火炭泼灭了么？一个声音说，
　　　　我们的祖先是已经睡了，睡在离我们不远的地方，
　　　　所有的故事都已经讲完了，只剩下了灰烬的遗留，
　　　　在我们没有安慰的梦里，在他们走来又走去之后，
　　　　在门口，那些用旧了的镰刀，
　　　　锄头，牛轭，石磨，大车，
　　　　静静地，正承受着雪花的飘落。

　　　　　　　　　　　　——穆旦《在寒冷的腊夜里》[2]

　　随着白话汉语新诗的出现，如果有某种东西要传达的话，诗歌要传达什么，注定成为一个我们不得不面对的问题。但反过来问，古典诗歌又传达什么？《风雨》一诗要传达什么？许多杰出的古典诗虽然广为传颂，但其主题的含混和晦涩却没有得到足够的艺术探视。周作人等人对《风雨》一诗的释读，只是试图敲碎古诗已经形成的种种释义桎梏，重新回到起点上，这正好是现代汉语新诗重建风格万千的"含混"王国之需。这个王国中，需要新

[1] 波德莱尔：《孤独》，《巴黎的忧郁》，亚丁译，北京三联书店 2004 年，页 82;
[2] 穆旦：《穆旦诗文集》第一卷，人民文学出版社 2006 年，页 46;

的具体性来落实"含混",也就是将新的社会秩序、新的内心图景和个体的幽微之境,新的物性……纳入诗歌的源头活水之中。新旧交替的内在关系,正如当代学者耿占春归纳的:"诗歌语言既与传统的象征秩序或象征系统存在着批评与'解构'的关系,又力图揭示词与物的象征功能,激活这一创造象征的语言机能。"[1]汉语白话新诗必须克服在落实这些具体性途中遇到的无穷滞涩,寻找新的腾空而起的姿势,重现汉语命名世界的温暖和甜蜜,在白话汉语中开掘条条大道抵达"诗"。诗人戴望舒 1936 年就意识到有一种可以超越时代的"诗之精髓":"古诗和新诗也有着共同之一的。那就是永远不变的'诗之精髓'。那维护着古人之诗使之不为岁月所斫伤的,那支撑着今人之诗使生长起来的,便是它。它以不同的姿态存在于古人和今人的诗作中,多一点或少一点;它像是一个生物,渐渐地长大起来,所以在今日不把握它的现在而取它的往昔,实在是一种年代错误。"[2]

那如何"把握它的现在"?这里就涉及"白话"诗如何重新回到"晦涩"(类似周作人的"朦胧")的问题。废名早就意识到现代诗的"晦涩":"我自己从经验了解,晦涩问题的产生,这实在是时代的问题,从前的人写诗如走路,现在的人写诗如坐飞机……"[3]

废名想说的,是诗歌面对新的经验世界,必须处理脱离古典诗歌修辞系统后遇到的自由之难,因为,重新认识到诗歌的内在生长需求以后,诗歌又回归其古老的悖论之中:"兴发于此,而义归于彼"(白居易《与元九书》),在一个白话之"说"的世界中,新诗必要寻找一种纯粹之"说",也如海德格尔分析诗歌语言所说的那样:"不是无所选择地去摄取那种随意地被说出的东西。在纯粹之说中,所说之话独有的说话之完成,是一种开端性的完成。纯粹之说乃是诗歌"[4]。从 1917 年前后开始,一个无限的"彼"所担负的"纯粹之说"艰难而兴奋、寂寞而寥廓,歧路纷纭地展开了,每一个岔路上,都将有发明诗歌的劳作。由此,现代汉语将发明和展示出五彩纷呈的隐喻世界,汉语与世界之间,正在形成种种新的交织状态。

---

[1] 耿占春:《失去象征的世界——诗歌、经验与修辞》,北京大学出版社 2008 年,页 77;

[2] 戴望舒:《谈林庚的诗见和"四行诗"》,见《戴望舒作品新编》,王文彬编,人民文学出版社 2009 年,页 239;

[3] 转引自陈建军《废名年谱》,华中师范大学出版社 2003 年,页 266;

[4] [德]马丁·海德格尔:《在通向语言途中》,孙周兴译,商务印书馆 2004 年,页 7。

Poetry
Construction

诗建设

翻译 Translate

托马斯·萨拉蒙简历

　　托马斯·萨拉蒙 (Tomaz Salamun,1941—),斯洛文尼亚诗人。出生于克罗地亚首府萨格勒布市,成长于科佩尔小镇。大学时攻读历史和艺术史专业。他做过编辑、现代美术馆馆长助理、乡村教师、推销员、大学教师,出版诗集近 40 部。其中处女诗集《扑克》凭借其荒诞性、游戏性,以及反叛色彩,成为战后斯洛文尼亚现代诗歌的肇始。随着他的诗歌被译成英语、德语、波兰语等语言,他已开始为国际诗坛所瞩目,并被认为是中欧目前最重要的诗人之一。

托马斯·萨拉蒙诗选（17首）

[斯洛文尼亚] 托·萨拉蒙
高 兴 译

的里雅斯特，亚历山大，圣纳泽尔

金币在海鸥的叫声中摩擦
我的鬓角。烟囱后面，散文，桥梁
后面，黎明。凯撒里翁，身著粉色丝绸，
手捧着风信子，诗意盎然。他们都从
这里离开。马雅可夫斯基，纳博科夫，德斯诺斯。
梅特卡和她的母亲凝望着诺曼底，那些小屋，
那些公共锚地依然处于战事状态。
他们登上船。没有记忆。唯有那位
时而看上去像托斯卡尼尼，时而看上去像
卓别林的人记忆尚存。这正是梅特卡在他晚年时，
像个冷血杀手，会冲他吼叫的缘由；这正是我，
倘若有一天身上不得不携带
哪怕一小滴那样的冷血，即便年届七十，
也会起身，离去，发誓走进夜色的缘由。

你最喜欢的颜色是什么……

你最喜欢的颜色是什么
我最喜欢的颜色是黄色
如果你的头发一夜之间
掉光，你会不会戴上假发
如果我的头发一夜之间

掉光，我会戴上假发
我们听说你去过葡萄牙
能否简要谈谈你的印象
葡萄牙是一个小国
人民穿戴讲究
那里热吗
太阳下很热
阴凉中也很热
你是否曾有一位叔叔在空军
我曾有一位叔叔在空军
你得到这份工作，他施加过影响吗
我不能说他施加过影响
他早就去世了，因此没有什么影响

你是一声叫喊……

你是一声叫喊，
一座爆炸的
天堂，

兄弟。
你的头脑被金子
和酒

撕裂。
野兽从你身上
滚过，

你吃
野兽。躺下，
镇定。

同光
肩并肩
保持警惕，

你，
橱窗羔羊，
色彩的君王。

此刻，我将自己……

此刻，我将自己
定义为
普桑。

他画
一些极为
结实的东西。

一幅
好画
通过排除

幽默和
死亡
而得到认可。

罗伯特·
克里利 和图戈·

苏什尼克 此刻

正平静地
望着
我。

仿佛
他们
当着所有

其他人的面，
用肩膀
扛着我，

放到了
这里。这堵
墙就是为了

挂这幅画的。
如果我
坐在

打字机旁，
它就是母亲和守护
天使，

如果我
坐在沙发上，
和平就会降临。

当我爬行……

当我爬行
在林子里，赤裸着，犹如
一头野兽，

我感觉到了世界。

我会变成
草。
当蚯蚓将我

吞食，
它们会像我那样
将万物

化为金子。

一天……

一天，　　　在餐厅，我量了量那幅画的
左角至地面
以及右角至地面的准确距离
因为我总觉得那幅画有点歪
一天，　　我打赌海豚也有鱼卵
一天，　　我取走壁橱里的吊袜带
一天，　　报上说
柬埔寨国王将对我们进行回访
一天，　　我在琢磨谁会第一个数到一百万
一天，　　我来到街上，做些运动
走在人行道的右侧

一天， 我忽然想到人人都得死去
一天， 法朗士先生从一位年轻画家
手里买了一束桦树枝，因为他
忽然想到要想赚钱你就得冒险
一天， 我买了椒盐卷饼，尽管之前
从未买过，因为街上尘土飞扬
一天， 阿尔诺尔菲娜大街出现在了日历上

面孔十四行诗

心脏里，一粒子弹；子弹里，一只猿猴；
猿猴里，一棵植物；植物里，一面镜子。
在信封上和门里———一枚印章。
它强行将城市街衢凝为一体。
天堂是一个篮圈，鼠疫就在其中发生。
猎犬的旷野，马背上皇帝的
旷野，溺水麋鹿的旷野。
但不是我要寻的那只，一颗心脏、
一只鹿角的兄弟。一座风景画
城堡，一个小妖怪和金子，时间
沼泽和我的侍从。
箭矢，你从我身上溜走，我将燃烧
直到去中你。死亡———
我的生命———我要将它还给城市。

我不喜欢……

我不喜欢树上的黑樱桃。
谁将煤灰涂在母鹿身上？
一个胎儿，颚骨碎裂，部分气管丧失。
我想变成雨，擦洗屋顶。
我想让头发燃烧，无遮无掩。
我死去，在我脱鞋时。
常春藤缠绕我，犹如一座城堡。
我体内依然残留着白垩，
体外，一只黄色公文包。
它悬吊在我手上，仿佛一个圣人悬吊
在一棵树上——同一棵樱桃树。

时值正午……

时值正午，当太阳直射
于我的头顶。
我数着戒指，寻找阴凉。
我将印章盖上沙漠。
然后，取出一块饰有字母图案的手帕。
我将它置于瀑布之下。
恰好正午过一分钟。
平衡保持不变。

一头线条画鹿……

一头线条画鹿在水里游泳。
复活节总在重复。
一只野公猪撼动一棵橡树树干。

243

茶洒向整片草地。
数字刻在望远镜镜片里。

所有湿透的宾客中……

所有湿透的宾客中，唯独那位最年长者
不来烦扰我。
其他人都该被推进一间圆顶小屋。
我会给他们橙子酱，像去年那样。
我正用未来时说话。
当我提起所有这些，将它们置于
木杆周围，然后，缓缓地，同马一道，将巢穴迁往南方。

墓志铭

唯有上帝存在。精神只是幽灵。
机器盲目的阴影隐藏着那吻。
我的死就是我的死。他人拥挤在这片
草地下，无法用乏味的宁静与它分享。

无论谁跪在我的墓前——注意——
大地都将会颤抖。我会从你的生殖器
和脖子上清除甜液。把你的嘴给我。
小心，别让刺刺穿你的耳鼓，
当你在死者面前蠕虫般扭动
生者的身体时。让这颗氧弹
轻柔地洗涮你。让它仅仅在你的

心脏可以承受的情形下，引爆你。起来，
记住。我爱所有真正懂我之人。
始终。现在，起来吧。你已承诺，并且醒来。

世界的格言

一天，在很久很久
以前，我顺便来到
米尔钦斯基大街。

一个小伙子正在
一只砖炉上
烤袜子。那一刻，

我对玛茹什卡说：
嘿，我们来打赌，
我知道你的

下一位情人将是谁。
我如此自信，
以至于建议

写下你的名字，
封上信封，将它
存放到银行，我

同样想让戴维
来结束这一
连环。以便我们
多年之后拆开

看看。如今，你在
哪里，勃扬·

巴斯卡尔，我在雅杜
想起了你。还有
尼尔，你好吗？

祈祷

朋友！
你是否体验过
星星在融化时无尽的
快乐？
你是否听过
花朵在红色地平线
绽放时那砰的一声？
不要低估最最
可怕的审美
乐趣。
每天，每
分，我都在为你
战斗。
感谢你的
名字。
在为你的生命之战中
我最后的
同盟。
为我祈求。
祈求我的敌人不要模糊
我的智慧
并将无辜的我拽向

机器。
祈求我能在睡眠中
把握时间，用静默
保持你的心跳。

家

膝盖是水，臀部是空气。
通感沉睡了
四个世纪，在一只
未遭猎人侵扰的野猪的心中。我的
中央天空在哪里？鼻孔和心房
是孪生兄弟。阿那克萨戈拉，
毕达哥拉斯，《塔木德经》信徒，人人都聚集
在一棵柔软的植物的叶子里，回家
路上，那片叶子偶然
被我采撷。现在，我明白我曾见过什么：
我闻它，因为我需要钥匙。
在急速穿过隧道的火车、默默扩展的
银河，和去年八月
落在棕色皮衣上的
水滴之间，没有任何差异。
这只狗的眼睛：符号，符号。
我是人们接触大地的
每一步。

只剩下雪

我想着上帝，而不是想着
雪。这并非真实。
上帝想着我，并且烦扰我。
谁也没有想着谁。
一辆小车沿路行驶。

雪飘落，当它飘落时。
上帝是个十足的陌生人，没人种植他。
我多想被种植，一如柳树。
我多想被种植，一如草。
然后，缓缓飘落在它身上，一如雪。
我们将坠入睡梦，掀开上帝的毛毯，我的
皮肤，消失于街衢，消失于夜色中。
昨天，我走过那些旋转门。
从膝盖至胸口那般高的门。
我走进去，看看天使是否在那里。
有一个戴着宽边帽的老头。
黝黑的皮肤，更加黝黑的眼睛。
我撒下龙舌兰。
我痛饮它。
那并非打开管子让水流淌时
发出的声音。
我需要饮下龙舌兰。
我需要成为一棵树，被种在地球上，并
推开那门。
我需要会见一个天使。

盛　宴

陡峭的山岩，密布着大片的色块，
覆盖着孩子们掰断的粉笔，
就在那里，通过各种球体，
我们观望不断
上升的压缩的碎片，仿佛
处于水压之下，
它们缓慢的起飞：一个路标，
拉上的白色窗帘。

呼吸毫不费劲，
就在此，这圆圈里，
呼吸毫不费劲，
同样，向上，向前，仿佛
平衡已经嵌入，牢不可破；
每一次都在拓展洞穴，
拓展和缩紧，
就像一种莫名的（难以想象的）
呼吸系统的活动，在显微镜下被放大。

怀旧，夜色，忧郁全都无效，
笑声雪一样飘落，
每种平行的事物，每种可以
从此触及的事物，全都是中间"路径"。

我们在观察这一状况所引发的反应，
缓缓地，一步一步，朝鲜藓的外部叶子
飘走。
我们可以刻下随意的观念记忆。

有过一个圆圈。
有过一个圆圈，恰恰因为我们无法
使用它。
无论什么观念，它们全都被安置于
同一轴心，处处如此。
一个斑点，曾经的升降机，
如今是道优先的射线，由无形担保。
创始是缓慢得难以置信的劳作，
类似于夏、冬和星辰们的交替。

这关乎我们如何饮食吗？
我们每一次都做过饭吗？

够了，如此，在此过程中一道小小的裂缝

会被留下，万物会迅猛再生，因而此刻存在。
你，记着生长和牺牲日记，
看！
也许，他们中许多人能读它，
光落满四周，
当然，唯独此处，无物落下，只有离去。
那个中心，这一程序中我们所观察的
能量的源泉，空空荡荡。宇宙让
它消失，
吞噬它。能量，而非意识，越过，
以否定的方式。因而万物都在某事之中，
由于一个观念，那大致可被描绘成
一粒沙，所有空间都是剩余，
犹如锯木后的粉尘。

在一颗立体微米上有着无尽的
银河，每个都包含巨大的
空间；那些夜晚，月亮，太阳，和星辰
令我们不知所措，压缩着我们的细胞膜。
星际世界，当然喽，连同这些
"被注入"的通讯系统，都同样只是压迫。

沿着这扇窗户，在这扇窗户里
有着数不清的其他文明，
数不清的其他宇宙体系。
因此，苦难并不重要，
重要的是层次。

我要在此表明的就是这些。

他是他自己的上帝

——翻译托马斯·萨拉蒙
高 兴

中国诗人黄礼孩决定将第七届"诗歌与人·诗人奖"授予斯洛文尼亚诗人托马斯·萨拉蒙。当我将这一消息告诉萨拉蒙时,他的欣喜溢于言表:"亲爱的高兴,获知这一消息,我的心里充满自豪、感动和幸福之情。你的名字真好,你的作用就是在世上传播幸福。可惜,我一点都不懂中文,但所有中国作家都说你翻译我,翻译其他诗人,都十分出色,有力。我怀着谦卑之心,欣然接受你们的负有盛名的奖项。托马斯是我的老朋友。我也十分珍惜欧金尼奥·安德拉德的作品。你将要翻译我的诗集,这让我的心智都感到温暖。请代我向黄礼孩先生表达我的欣喜之情和诚挚问候。"

为配合颁奖,需要先翻译出版一本萨拉蒙诗选。之前,我曾为《当代国际诗坛》以及北岛主持的香港诗歌节翻译过一些萨拉蒙诗作,但都依据一些零星的资料。得知我需要资料时,萨拉蒙迅速快递给我他的四本诗集,以及授权书。手捧着他题赠的诗集,我的心里突然生出一种奇妙的感觉:他仿佛正透过镜片望着我,笑盈盈的样子,是美国诗人罗伯特·哈斯所说的那种"天使般的微笑"。

于是,就在这"天使般的微笑"的注视下,几乎在京城最为闷热难耐的时刻,在大雨的悬念中和阴影下,我又一次开始翻译托马斯·萨拉蒙。

小说家米兰·昆德拉似乎对小国这一概念特别敏感。生长在捷克这个中欧小国里,他觉得是一种优势。因为,身处小国,你"要么做一个可怜的、眼光狭窄的人",要么成为一个广闻博识的"世界性的人"。

别无选择,有时,恰恰是最好的选择。昆德拉如此。萨拉蒙亦如此。了解一下萨拉蒙的人生简历和诗歌道路,我们便能清晰地看到一位小国诗人是如何成为"世界性的人"的。

托马斯·萨拉蒙 (Tomaz Salamun) 一九四一年七月四日出生于克罗地亚首府萨格勒布市,成长于科佩尔小镇。科佩尔位于亚得里亚海滨城市的里雅斯特南部,历史上曾长期属于威尼斯管辖,一度由哈布斯堡王朝统治,两次世界大战之间，又回归意大利。上世纪四十年代，科佩尔小镇仅有一万五千人口，大多数居民讲意大利语，小镇当时由南斯拉夫军队管理。一九五四年后，归入南斯拉夫斯洛文尼亚共和国。一九六〇年，萨拉蒙进入卢布尔雅那大学，攻读历史和艺术史专业。他自己坦承，那时，他"是一个迷茫而纯真的年轻男子，渴望在这世上留下印记，但更主要的是，渴望自由。只是稍稍被兰波、杜甫、索福克勒斯和惠特曼所打动。确实，当一位有力的斯洛文尼亚诗人丹内·扎奇克出现在我们的研讨会上，朗诵起他的备受折磨、伤痕累累的诗篇时，一丝小小的感染爆炸了。一场大火，一道我们崇高而古老的行当的火柱，燃烧着我，诱惑着我，定义着我。相对于行当，那更是一种命运。"从此之后，萨拉蒙便踏上了诗歌之路。

一九六四年，他在编辑文学杂志时，因发表"出格作品"，引起当局不满，曾被关押五天。他却因此成为某种文化英雄，受到斯洛文尼亚文化界的瞩目。一九六五年，他获得艺术史硕士学位，并于翌年，以地下方式出版处女诗集《扑克》。人们普遍认为，这部诗集，凭借其荒诞性、游戏性，以及反叛色彩，成为战后斯洛文尼亚现代诗歌的肇始。之后，他又先后赴意大利和巴黎进修艺术史。回到卢布尔雅那后，曾担任现代美术馆馆长助理。从一九六九年起，他开始以环境艺术家和观念艺术家身份在南斯拉夫各地举办巡回画展。一九七〇年夏天，他来到美国纽约参加国际画展。接着，又回到卢布尔雅那，并在美术学院讲授二十世纪艺术。一年后，应衣阿华大学国际写作中心邀请，再度来到美国，一下子待了两年。正是在那里，萨拉蒙开始广泛阅读和接触美国诗人。也正是在那里，他同衣阿华诗人合作翻译出版了两部英文版诗集《涡轮机》（1973）和《雪》（1974）。事实上，这两本诗集出版时，萨拉蒙已又一次回到卢布尔雅那，做过一些奇怪的行当：写诗的同时，翻译过威廉·卡洛斯·威廉斯、阿波利奈尔、巴尔扎克和西蒙·波伏瓦，在乡村小学教过书，还当过推销员。一九七九年，他获得资助，得以前往墨西哥工作和生活了两年。在此期间，他始终坚持诗歌写作，不断地有新作问世。进入八十年代，他的诗歌写作节奏有所放慢，诗歌中的基调也日趋阴暗。而随着他的诗歌被译成英语、德语、波兰语等语言，他已开始为国际诗坛所瞩目。

一次又一次的出走和回归,"同其他诗人,其他世界,和其他传统相遇",极大地丰富了萨拉蒙的阅历和视野。他也因此渐渐成为一个具有宇宙意识和全球目光的诗人。

在介绍东欧文学时,我曾说过:"影响和交融,是东欧文学的两个关键词。"萨拉蒙无疑是个东欧诗人,而且是个典型的东欧诗人。同时,当你阅读他的诗歌,当你了解了他的经历和视野,当你看到他流畅地用英语、法语、意大利语流畅地同别国诗人交流,你会清楚地意识到,他绝对又是个世界性的诗人。不难看出,影响和交融,也是他人生履历和诗歌写作的两个关键词。在评析萨拉蒙诗歌时,罗伯特·哈斯认为,兰波,洛特雷阿蒙,惠特曼,赫列博尼科夫,德国表现主义,法国超现实主义,俄国未来主义,美国纽约派诗歌等等诗人和诗歌流派,都曾对萨拉蒙的诗歌写作产生过影响。除去影响和交融,我们也千万不能忽视他的成长背景:东欧曾经高度政治化的现实。正是在这样的影响、交融和背景中,萨拉蒙确立了自己的声音,找到了自己的指纹:

> 托马斯·萨拉蒙是头怪兽。
> 托马斯·萨拉蒙是个空中掠过的球体。
> 他在暮色中躺下,他在暮色中游泳。
> 人们和我,望着他,目瞪口呆,
> 我们愿他一切如意,兴许他是颗彗星。
> 兴许他是诸神的惩戒,
> 世界的界石。
> 兴许他是宇宙中一粒特别的微尘,
> 将给星球提供能源,
> 当石油、钢铁和粮食短缺的时候。
> 他或许只是个驼子,他的头
> 该像蜘蛛头那样被砍掉。
> 但那时,某种东西将会吮吸
> 托马斯·萨拉蒙,也许是他的头。
> 也许他该被夹在玻璃
> 之中,他的照片该被拍摄。
> 也许他该被泡在甲醛中,这样,孩子们

就能看他,像看胎儿、蛋白

和美人鱼一般。

来年,他也许将在夏威夷

或卢布尔雅那。看门人将倒卖

门票。那里,人们赤足

走向大学。浪涛能达到

百英尺之高。城市美妙无比,

挤满了不断增长的人群,

微风柔和。

但在卢布尔雅那,人们说:瞧!

这就是托马斯·萨拉蒙,他同

妻子玛茹什卡到店里买了点牛奶。

他将饮下那牛奶,而这就是历史。

——《历史》

　　诗人萨拉蒙笔下的历史,显然不是统治者的历史,而是个体的历史,而是诗人的历史,而是颠覆者的历史。诗人就该是独立的,不羁的,反叛的,像头"怪兽",与众不同,而又充满了自信和能量。诗人就该成为历史的主角。诗人就这样登上了人生和世界舞台。可以想象,这样的定位和形象,对当时的斯洛文尼亚诗坛会构成怎样的破坏力和冲击力,同时,又具有怎样的建设意义。

　　破碎,即兴,随心所欲,丰沛的奇想,和强烈的反叛,有时又充满了反讽色彩和自我神话倾向,而所有这些又让他的诗歌流露出神秘的气息。诗歌中的萨拉蒙时而愤怒,时而忧伤,时而幽默,时而深情,时而陷于沉思和幻想,时而热衷于冷嘲热讽,时而站立于大地,时而升上太空,时而舒展想象的翅膀,时而又如孩童般在同语言和意象游戏。"……我笑个不停 // 或者忧伤,如一只猴子。/ 其实,我是这样的一块地中海岩石 / 你甚至可以在我身上烤肉排。"他是个艺术幻想家,又是个语言实验者。他注重诗歌艺术,但又时刻没有偏离生活现实。在诗歌王国中,他豪放不羁,傲慢无礼,鄙视一切成规,沉浸于实验和创新,同时也没忘记社会担当和道德义务。在介绍斯洛文尼亚人时,萨拉蒙说:"斯洛文尼亚人从来都中规中矩。"现实生活中,他可能也像他的同胞那样中规中矩。但在诗歌写作中,他绝对是个例外。在诗歌世界里,他可以冲破一切的规矩。他通过否定而自我解放。他只信从反叛诗学。他是他自己的上帝。于是,我们便在《民歌》中听到诗人发出这样的宣言:

每个真正的诗人都是野兽。

他捣毁人民和他们的言辞。

他用歌唱提升一门技术，清除

泥土，以免我们被虫啃噬。

酒鬼出售衣裳。

窃贼出售母亲。

惟有诗人出售灵魂，好让它

脱离他爱的肉体。

在几十年的诗歌生涯中，托马斯·萨拉蒙已出版诗集近四十部，较近期的有《蓝塔》（2007）、《太阳战车》（2005）、《自那儿》（2003）等。他被认为是中欧目前最重要的诗人之一。在国内外获得过多种奖项，还担任过斯洛文尼亚驻纽约大使馆文化专员。他的作品常常出现在各种国际性期刊上。他本人也常常出现在各种艺术、文化和诗歌场合。至二〇〇九年，他已有《托马斯·萨拉蒙诗选》、《盛宴》、《献给梅特卡·克拉索维奇的民谣》、《给我的兄弟》、《牧人，猎者》、《忧郁的四个问题：新诗选》等十多部用英语出版的诗集。除英语外，作品还被译成法语、德语、俄语、意大利语、西班牙语、汉语等几十种语言。他这样回顾和总结自己的诗歌生涯："听见和倾听，迷失，或几乎被碾碎，受伤，同样，正如人类生命中通常会发生的那样，得到幸运的青睐。"这就是他的诗歌之路。因了诗歌，他觉得自己的人生幸福而又美丽。生活于一个仅有两百多万人口的小国，诗人萨拉蒙十分清楚翻译对于传播自己诗歌的重要。他显然乐意面对更加广大的读者。在某种程度上，他始终在为世界而歌。这既是他的志向，也是他的姿态。对于所有译者，他都一再地表示感激之情。

一个充满想象力和创造力的诗人写出的诗，自然就构成了一道"想象的盛宴"（美国诗人爱德华·赫希语）。于此同时，一个充满想象力和创造力的诗人，也就意味着不断地出走，偏离，脱轨，和游戏。翻译这样一个诗人，显然既是一种享受，也是一次冒险。我因此兴致十足，同时又忐忑不安。被我译成汉语的萨拉蒙，究竟在多少程度上还是萨拉蒙？翻译过程中，我不断地发出这样的疑问。可我转而想到，一个出色的诗人必然能为读者提供不断阅读的可能性。翻译也是一种阅读。那就让我把这次翻译当做阅读托马斯·萨拉蒙的开始吧。

2012 年 7 月 27 日凌晨于北京

图书在版编目（CIP）数据

诗建设. 10/泉子主编. –北京：作家出版社，2013.8
ISBN 978 – 7 – 5063 – 7066 – 0

Ⅰ.①诗… Ⅱ.①泉… Ⅲ.①诗集 – 中国 – 当代 Ⅳ.①I227

中国版本图书馆 CIP 数据核字（2013）第 212417 号

诗建设.10

主　　编：泉　子
副 主 编：胡 澄　江离　胡人　飞廉
责任编辑：贺　平　江小燕
封面设计：张甜甜　天可人
装帧设计：曹全弘
出版发行：作家出版社
社　　址：北京农展馆南里 10 号　　邮编：100125
电话传真：86 – 10 – 65930756（出版发行部）
　　　　　86 – 10 – 65004079（总编室）
　　　　　86 – 10 – 65015116（邮购部）
E – mail：zuojia@ zuojia. net. cn
http://www. haozuojia. com（作家在线）
印　　刷：三河市北燕印装有限公司
成品尺寸：170 × 240
字　　数：250 千
印　　张：16
版　　次：2013 年 8 月第 1 版
印　　次：2013 年 8 月第 1 次印刷
ISBN 978 – 7 – 5063 – 7066 – 0
定　　价：25.00 元